U0009026

愛經典

閱讀經典，成為更好的自己。

# 時光機器

# The Time Machine

Herbert George Wells

赫伯特・喬治・威爾斯 著

陳震 譯

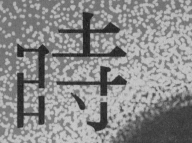

# 緣起

愛經典

卡爾維諾說：「『經典』即是具影響力的作品，在我們的想像中留下痕跡，並藏在潛意識中。正因『經典』有這種影響力，我們更要撥時間閱讀，接受『經典』為我們帶來的改變。」因為經典作品具有這樣無窮的魅力，時報出版公司特別引進大星文化公司的「作家榜經典文庫」，期能為臺灣的經典閱讀提供另一選擇。

作家榜經典文庫從二〇一七年起至今，已出版超過一百本，迅速累積良好口碑，不斷榮登各大暢銷榜，總銷量突破一千萬冊，本書系的作者都經過時代淬鍊，其作品雋永，意義深遠；所選擇的譯者，多為優秀的詩人、作家，因此譯文流暢，讀來如同原創作品般通順，沒有隔閡；而且時報在臺推出時，每部作品皆以精裝裝幀，質感更佳，是讀者想要閱讀與收藏經典時的首選。

現在開始讀經典，成為更好的自己。

# 目次



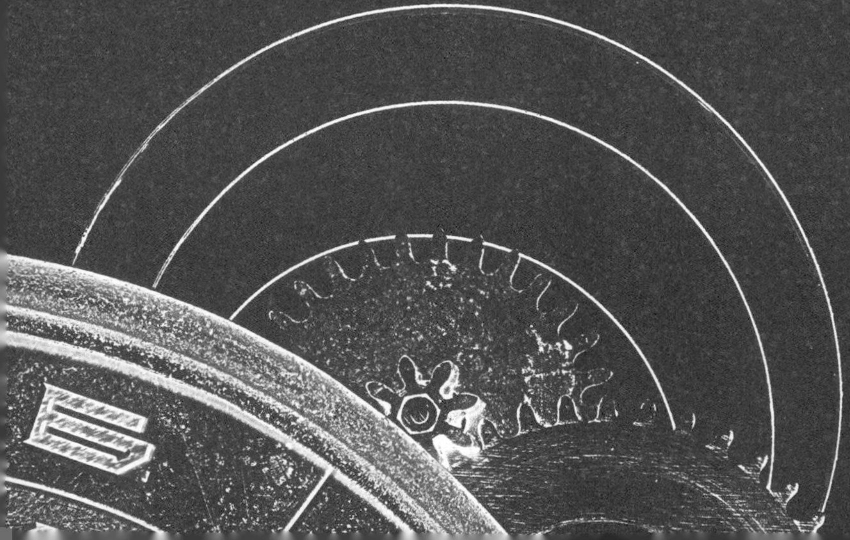

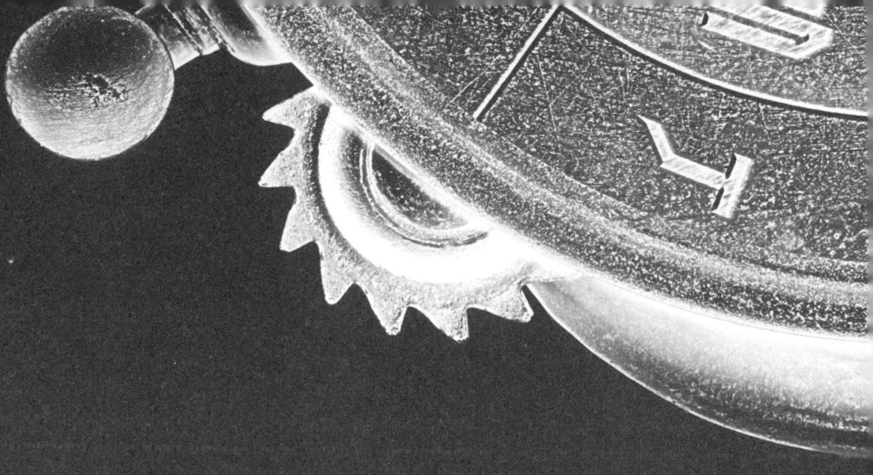

# 第一章

時光旅行者（這樣稱呼他比較方便）正在給我們闡述一個深奧的問題。他灰色的眼睛閃耀著光芒，一向蒼白的臉此刻紅光煥發。爐火燒得很旺，銀質百合花燈罩裡的白熾燈泛著柔光，映在我們杯中一閃即逝的泡沫上。我們的椅子是他的專利設計，它們與其說是順從地讓我們坐著，不如說是在擁抱愛撫著我們。晚餐後的氣氛非常愜意，我們任由思緒恣意馳騁。他邊說邊用瘦削的食指比畫著要點，我們則懶洋洋地欽佩著他的多產，以及他對這個新悖論（在我們看來）的熱忱。

「你們得仔細聽我講。我不得不反駁一兩個幾乎普遍公認的看法。比如，你們在學校裡學的幾何就是建立在誤解之上。」

「一開始就跟我們講這個，題目未免太大了？」菲爾比說。他一頭紅髮，喜歡抬槓。

「我並不是要你們接受任何無稽之談。你們很快就會贊同我的。你們一定知道，數學上的一條線，一條沒有粗細的線，實際上是不存在的。他們教過這個吧？數學上的平面也不存在。這些不過是抽象的概念。」

「沒錯。」心理學家說。

「僅有長度、寬度和高度的立方體也不存在。」

「這我不同意，」菲爾比說：「立方體當然可以存在。所有真實的東西——」

「大多數人都是這麼認為的。但是等一下，一個轉瞬即逝的立方體能夠存在嗎？」

「不明白你的意思。」菲爾比說。

「一個持續時間為零的立方體，能夠真實存在嗎？」

菲爾比陷入了沉思。

「顯而易見，」時光旅行者繼續說道：「任何實體都有四個維度：長度、寬度、高度，以及持續時間。但由於人類天生的弱點，我們往往會忽略這個事實，這一點我稍後跟你們解釋。的確有四個維度，前三個我們稱之為『空間』的三個平面，而第四維就是時間。然而，大家習慣於在前三個維度和第四維之間劃上假想的界限，因為我們的意識從出生到入土都在斷斷續續地沿著第四維的方向前進。」

「這，」一個年輕人笨拙地在燈焰上重新點燃他的雪茄，「這……非常清楚。」

「真叫人驚訝啊，被忽略到這個程度，」時光旅行者談興更濃了，接著說道：「實際上這就是第四維的含義，儘管有些談論第四維的人並不明就裡。這只是另一種對時間的看法。我們的意識沿著時間前進，除此之外，時間和三維空間的任何一維都沒有區別。但某些蠢貨曲解了這個觀點。你們聽過他們聊第四維嗎？」

「還沒有。」市長說。

「簡單來說，在數學家看來，空間具有長度、寬度和高度這三個維度，而且總可以用三個互相垂直的平面來界定。但是有些哲人老是要問，為什麼就特定是三個維度呢？為什麼另外一維就不能與這三維互相垂直？他們甚至試圖創立四維幾何。就在大約一個月前，西蒙．紐康[1]教授還向紐約數學協會闡述了這一點。你們知道二維平面可以表現三維實體，同樣地，他們認為可以藉由三維模型來表現四維——只要他們能夠掌握透視法。明白了？」

「我覺得是。」市長咕噥道。他蹙緊眉頭，陷入了自省，嘴唇像念咒語般翕動著。過了一會兒，他眉頭忽地一展，「是的，現在我明白了。」

「好，不妨告訴各位，我研究四維幾何有段時日了。我的部分研究結果很不尋常，比如說，這張是一個男性八歲時的肖像，這一張是他十五歲時的，還有他十七歲時的、二十三歲時的，諸如此類。這些顯然都是三維切面，展現了他固定不變的四維生命。」

「各位科學家，」時光旅行者稍作停頓，給大家時間加以領會，接著繼續說道：「再清楚不過，時間只是空間的一種。這是一張通俗的科學圖表，記錄天氣的，我指著的這條線顯示了氣壓的變化。昨天白天太高了，到昨晚有所下降，今天早上又升了上去，緩緩升到了這裡。水銀柱肯定沒有沿著公認的那三個維度移動吧？但它必然沿著一條線移動，所以我們能夠斷定，那條線是時間維度。」

「但是，」醫生瞪著爐火裡的一塊煤說：「如果時間真的只是空間的第四維度，那為什麼它一直被視為不同的東西？為什麼我們不能像在三維空間裡那樣在時間維度裡四處移動？」

時光旅行者微笑道：「你那麼確定我們能在空間裡自由移動？向左向右不成問題，向前向後也暢通無礙，大家經常這樣移動。我承認我們能在二維空間裡自由移動，但是向上向下呢？我們受到了地心引力的限制。」

「未必，」醫生說：「有氣球。」

「但在氣球問世之前，除了間歇性跳躍或地勢不平坦外，人類尚不能自如

1 西蒙・紐康（Simon Newcomb，一八三五—一九〇九），美國籍加拿大天文學家、數學家，暨科幻小說作家。

地垂直移動。」

「但還是能小幅度上下移動。」醫生說。

「向下要比向上容易，容易得多。」

「你沒法在時間維度裡移動，你沒法離開當下。」

「親愛的先生，這你就錯了。整個世界都在這裡錯了。我們經常從當下離開。我們的精神存在是非物質的，沒有維度，從我們出生到死亡，它一直沿著時間維度勻速前行。就像如果我們身處五十英里的高空，就會向下移動一樣。」

「難處在這裡，」心理學家打斷道：「你可以朝空間的各個方向移動，但你無法在時間中穿梭。」

「那是我的偉大發現的萌芽。不過，你說我們無法在時間中穿梭這話不對。比方說，如果我在生動地回憶某件事，我便回到了它發生的時刻，就像你說的，我出神了。那一刻我回到了過去。當然，我們沒法子在過去停留一段時間，就像一個野人或一頭動物沒辦法停留在六英尺高的空中。不過在這方面，文明人要勝過野蠻人，他可以利用氣球克服地心引力往上升。那他為什麼就不能冀望自己最終能在時間維度裡停下、加速，乃至換個方向前進？」

「哦，」菲爾比開始說道：「這完全——」

「為什麼不行？」時光旅行者說。

「這違背常理。」菲爾比說。

「什麼常理？」時光旅行者說。

「你能把黑的說成白的，」菲爾比說：「但你永遠說服不了我。」

「也許吧，」時光旅行者說：「但你開始明白我研究四維幾何的目的了吧。很久以前，我隱約有了個念頭，想造一臺機器——」

「去穿越時空！」年輕人驚叫道。

「它朝時空的任何方向行駛都無妨，由駕駛它的人說了算。」

菲爾比滿足地笑了。

「但我有實驗為證。」時光旅行者說。

「這大大方便歷史學家了，」心理學家建議說：「譬如，他可以穿越回去，核實史書上關於黑斯廷戰役[2]的記述！」

「你不覺得你會引發關注嗎？」醫生說：「我們的祖先可容忍不了時空錯亂。」

「可以直接從荷馬和柏拉圖嘴裡學希臘語了。」年輕人思忖道。

「那學位預考他們肯定不放你過。希臘語被德國學者改良了好多。」

「還有未來呢，」年輕人說：「想想看！可以把全部身家用來投資，放在那兒生利息，再迅速趕到未來！」

「去發現一個社會，」我說：「嚴格建立在共產主義基礎上的。」

「全是些不切實際的謬論！」心理學家說。

「是的，我也這麼覺得，所以我一直閉口不談，直到——」

「被實驗證實了！」我大叫道：「你要證明它？」

「實驗！」菲爾比喊道，他的腦子有點轉不動了。

「不管怎樣，讓我們一睹你的實驗吧，」心理學家說：「雖然盡是些騙人的把戲，你知道。」

時光旅行者對我們微微一笑。接著，他依然面帶微笑，雙手深深地插進褲袋，慢慢地走出房間。我們聽到他趿拉著拖鞋，沿著長長的走廊緩緩走向他的實驗室。

「他有什麼名堂？」心理學家看著我們說。

「唬人的花招罷了。」醫生說。菲爾比跟我們講起他在伯斯勒姆看到的魔術師，結果剛開了個頭，時光旅行者就回來了，菲爾比的趣事戛然而止。

時光旅行者手裡拿著一個閃閃發光的金屬框架，勉強比小時鐘大一點，做工非常精緻，裡面有象牙和透明的晶狀物質。

現在我必須原原本本地講述，因為接下來發生的事情根本無法解釋——除非大家接受他的解釋。屋裡零散擺著幾張八角形的小桌子，他把其中一張挪到

2 黑斯廷戰役（The Battle of Hastings），一〇六六年十月十四日，英格蘭國王哈樂德・葛溫森的盎格魯—撒克遜軍隊和諾曼第公爵威廉一世的軍隊在黑斯廷地域進行的一場交戰，以征服者威廉獲勝告終。此戰也被認為是歐洲中世紀盛期開始的標誌。

壁爐前，兩條桌腿擱在爐前的地毯上。接著他把機械裝置放到桌上，拖過一把椅子坐了下來。

桌上僅有的另一件東西是一盞帶燈罩的小檯燈，明亮的光線落在裝置上。周圍還燃著十來支蠟燭，兩支插在壁爐架的黃銅燭臺上，還有幾支插在壁式燭臺上，把屋裡照得亮晃晃。

我在爐火邊的一把矮扶手椅上坐下，把椅子朝前挪了挪，幾乎坐到了時光旅行者和壁爐之間。菲爾比坐在他後面，小心提防著危險。醫生和市長從右邊朝他看著，心理學家則從左邊看過來。年輕人站在醫生背後。我們全都保持著警惕。在我看來，他的把戲構思得再巧妙，完成得再嫻熟，都甭想逃過我們的眼睛。

時光旅行者看看我們，又看看裝置。

「好了？」心理學家說。

「這個小玩意只是一臺模型，」時光旅行者把手肘放在桌子上，雙手按在裝置頂上說：「我計畫造一臺能夠穿越時空的機器。你們能注意到它看起來歪歪扭扭的，而且這根杆子閃閃爍爍，有不真實之感。」他指向那個零件說，「還有，這是一根白色的小操縱杆，這邊也有一根。」

「做得真漂亮。」醫生從椅子上站起來，凝視著它說。

「花了我兩年功夫呢。」時光旅行者回嘴道。當我們都模仿起醫生的動作時，他說：「現在，希望你們能清楚地明白，按下這根操縱杆，這臺機器就能駛向未來，而按下另一根則將駛回過去。這個鞍座代表時光旅行者的座位。我馬上就要按下這根操縱杆，機器就會出發。消失，進入未來時空，無影無蹤。仔細看這玩意兒，還有這張桌子，確信我沒有使詐。我可不想浪費了一臺模型，還被說成是江湖騙子。」

大家一言不發，持續了約一分鐘。心理學家似乎想跟我說些什麼，但欲言又止。時光旅行者將手指伸向操縱杆。「不，」他突然說道，「借你的手一用。」他轉向心理學家，抓住那傢伙的手，要他伸出食指。所以是心理學家把時光機器模型送入了無止境的旅程。

我們都目睹了操縱杆的轉動，我百分百肯定沒有耍花招。一股風驀地襲來，檯燈裡的燈焰一陣搖曳，壁爐架上的一支蠟燭被吹滅了。小機器突然掉轉方向，變得模糊不清，一剎那間猶如幽靈，像泛著微光的黃銅和象牙形成的漩渦。消失不見了——無影無蹤！除了那盞檯燈，桌上空空如也。

眾人沉默了一會兒。菲爾比說他見鬼了。

心理學家從恍惚中緩過神來，冷不防地朝桌下望去。時光旅行者笑逐顏開。「好了？」他學著心理學家剛才的口吻說。接著他起身走到壁爐架上的菸絲罐前，背對著我們往菸斗裡面塞菸絲。

我們面面相覷。「聽著，」醫生說：「你是來真的嗎？你真的相信那臺模型已經在進行時間旅行了？」

「當然。」時光旅行者說著，彎腰在爐火上點燃一根長梗火柴。然後他轉過身，一邊點菸斗，一邊看著心理學家的臉。（**心理學家故作鎮定，拿起一支雪茄，茄帽都沒剪就點了起來。**）「此外，我那裡還有一臺大機器，幾近完工了，」他指著實驗室說：「等裝配好了，我要親自旅行一回。」

「你的意思是說那臺模型已經去了未來？」菲爾比問。

「去了未來，或是回到了過去——我不能確定是哪一種。」

過了一會兒，心理學家來了靈感，「它要是去了哪裡，必定是回到了過去。」他說。

「為什麼？」時光旅行者問。

「因為我認為它在空間裡沒有移動。如果它去了未來，那它應該還在這裡，因為它一定穿過了這段時間。」

「可是，」我說：「如果它回到過去了，那我們剛才進屋時應該能看到它，上週四，還有上上週四都能看到，以此類推！」

「有力的反駁。」市長轉向時光旅行者說道，一副不偏不倚的樣子。

「一點也不，」時光旅行者說著，轉向心理學家，「你想想看，你能給出解釋。這是因為它呈現的外觀低於感知的『門檻』，你知道的，就像被稀釋的外觀。」

「當然，」心理學家打消我們的疑慮道，「這是一個簡單的心理學觀點。我早該想到的。非常清楚，有助於解釋這個矛盾現象。我們無法看見，也無法欣賞這臺機器，就像我們看不見飛旋的輪子和飛行的子彈一樣。如果它的行進速度比我們快五十或一百倍，它都走了一分鐘我們才走一秒鐘，那它留下來的印記就是它沒進行時間旅行時的五十分之一或一百分之一。這很清楚。」他把手伸進時光機器模型原先擺在的空間。「你們明白了嗎？」他笑著說。

我們坐下來，盯著空蕩蕩的桌子看了一會兒。時光旅行者問我們有何感想。

「今晚聽起來很有道理，」醫生說：「等明天吧，等上午頭腦清醒了再說。」

「你們想看真正的時光機器嗎？」時光旅行者問道。他提著燈，領著我們穿過有穿堂風的長廊，走向他的實驗室。我清晰地記得搖曳的燈火、影子的舞動、他奇特大腦袋的黑色輪廓，記得我們都滿腹狐疑地跟在他身後，以及隨後在實驗室裡注視消失的小機器的大號版。有些零件是鎳製的，有些是象牙的，還有些是用水晶石銼平或鋸成的。機器大體上已經完工，只剩下水晶彎杆沒有做好，它們放在長形工作臺上，旁邊有幾張圖紙。我拿起一根彎杆打量了一番，似乎是石英的。

「聽著，」醫生說：「你是認真的嗎？還是在耍花招？像你去年耶誕節給我們看那個鬼一樣？」

「我打算坐著這臺機器，」時光旅行者把燈舉高說：「去探索時間。我說得夠清楚嗎？我這輩子從沒這麼認真過。」

我們都不知道該怎麼接話。

我的視線越過醫生的肩，正好和菲爾比的目光撞在一起，他鄭重其事地朝我使了個眼色。

# 第二章

我想當時我們誰都不相信時光機器。事實上，時光旅行者聰明到令人不敢相信。你從來不會覺得自己看透過他，你總是懷疑他的坦率背後有所保留、埋有玄機。如果是菲爾比跟我們展示這臺模型並用時光旅行者的話來解釋此事，那我們才不會如此懷疑——我們一定能看出菲爾比的動機，連賣豬肉的都懂菲爾比。但是時光旅行者老是突發奇想，我們不信任他。能讓一個不如他聰明的人揚名立萬的事情，到他手裡就像成了捉弄人的鬼把戲。他錯在做什麼都易如反掌。把他當回事的那些嚴肅的人向來都摸不透他的行為：他們知道，把自己對於判斷力的名聲託付給他，無異於用蛋殼般易碎的瓷器來裝點育嬰房。所以，從那個週四到下一個週四期間，我們都沒怎麼聊時間旅行的事。不過毫無疑問，我們中的多數人腦海裡都縈繞著它弔詭的可能性：它貌似有理，實則不可思議，或將出現時代錯亂、混亂不堪的局面。就我個人而言，我對那臺模型的鬼把戲格外感興趣。我記得週五跟醫生討論過。那天我在林尼安遇到了他，他說在蒂賓根見過類似的把戲，並且特別強調蠟燭被吹滅了。至於其中的奧妙，他無法解釋。

下週四我又去了里奇蒙，我想我是時光旅行者最勤的訪客之一。我到得晚，客廳裡已經聚集了四、五個人。醫生站在壁爐前，一手拿著紙，一手拿著錶。我四下張望，尋找時光旅行者。「現在已經七點半了，」醫生說：「我看我們最好先吃晚餐吧？」

「怎麼不見——？」我說出主人的名字。

「你剛來？真怪。他無奈被耽擱了。他留了張便條，說如果七點還沒回來，就讓我帶領大家先吃。他說他回來後會跟我們解釋。」

「放著飯菜壞掉怪可惜的。」一家知名日報的編輯說。醫生隨即搖鈴召喚大家吃飯。

除了醫生和我，在座的只有心理學家出席過上一次晚宴。此外，還有先前提到的編輯布蘭克、某位記者，以及一個留著大鬍子、安靜靦腆的男性。這人我不認識，據我觀察，他整晚都沒有開口說話。席間，大家猜測著時光旅行者缺席的原因，我半開玩笑地說他去時光旅行了。編輯想知道是怎麼回事，心理學家自告奮勇，對那天目擊的「巧妙的悖論和把戲」做了一番笨拙的描述。他正在闡述之時，通往走廊的門悄無聲息地緩緩打開了。我正對著那扇門，第一個看到。

「你好！」我說：「終於！」

這時門開得更大了，時光旅行者站在我們面前。我驚呼了一聲。「天哪！老兄，發生了什麼事？」第二個看到他的醫生叫道。整桌人都轉身朝門口望去。

他看起來狼狽不堪：外套滿是灰塵，又髒兮兮的，袖管沾著綠色的汙跡；頭髮凌亂，更顯灰白，也不知道是沾了塵土，還是髮色本身變淺了；臉色慘白，下巴上有一道尚未癒合的褐色傷口；神情憔悴，像遭受了巨大的痛苦。他在門口猶豫了片刻，像被燈光刺花了眼。接著他一瘸一拐地走進房間，像路走多了腳痛的流浪漢。我們默默地凝視著他，等待他開口說話。

他一言不發，費力走到桌邊，朝酒瓶打了個手勢。編輯斟滿一杯香檳，推到他面前。他一飲而盡，這似乎對他管用，只見他掃視起一桌人，臉上隱隱掠過一絲熟悉的微笑。

「你到底去哪了，老兄？」醫生問。

時光旅行者似乎沒聽見。「我不打擾你們，」他的聲音有點顫抖，「我沒事。」他伸出杯子示意再添，又是一口喝光。「很好。」他說。他的眼睛變亮了，雙頰有了點血色。他的目光掠過我們的臉龐，略帶讚許之意，接著在溫暖舒適的屋裡掃了一圈。隨後他又開口了，依舊言辭謹慎。「我去洗個澡，換身衣服，回來再跟你們解釋……給我留點羊肉，我急需吃肉。」

他朝編輯望去，這是稀客，時光旅行者希望他沒事。編輯開始發問。「馬上告訴你，」時光旅行者說：「我——很滑稽！一會兒就好。」

他放下酒杯，走向通往樓梯的那道門。他一瘸一拐的樣子和綿軟的腳步聲再次引起我的注意。他出門時我站了起來，看清了他的腳。鞋都沒穿，就套著一雙血跡斑斑的破襪子。門在他身後關上了。我有點想跟上去，但想起他厭惡別人對他的事大驚小怪。我胡思亂想了一會兒，直到聽見編輯說：「傑出科學家的驚人之舉。」他出於職業習慣，在研究報紙的大標題。我的注意力又被拉回明亮的餐桌。

「他在演哪一齣？」記者問，「扮演業餘乞丐嗎？我看不懂。」我和心理學家的目光不期而遇，他的表情告訴我，我們的看法一致。我的腦子裡閃現出時光旅行者跛著腳吃力上樓的一幕。我想他們都沒注意到他的腳跛了。

醫生最先從驚詫中完全緩過來，他搖鈴示意要個給食物保溫的小爐子——時光旅行者不喜歡僕人站在桌旁侍候。編輯嘟噥一聲拿起刀叉，那個沉默不語的男人也跟著照做。

晚餐繼續進行，餐桌上的對話一度發展成大呼小叫，夾雜著嘖嘖驚歎。編輯的好奇心越發強烈。「我們的朋友是靠渡海來貼補微薄的收入？還是經歷了尼布甲尼撒二世[1]的遭遇？」他問道。

「我確信這跟時光機器有關。」我接過心理學家剛才的話茬，把上次聚會的事繼續講了下去。

新來的客人都一臉狐疑。編輯提出異議，「時光旅行到底是什麼？一個男人沒法在奇談怪論裡滾得整身都是灰，是吧？」接著他想到了什麼，開始諷刺道，「難道未來的人沒有撣衣服的刷子？」記者也完全不信，附和編輯，對整件事情橫加嘲諷。他倆都是新潮的新聞工作者——那種天性快樂、不恭不敬的年輕人。「我們的特約記者後天報導……」記者正說著，更確切地說是喊著，時光旅行者回來了。他穿著一身普通的晚禮服，除了面容依舊憔悴，剛才嚇我一跳的那副模樣已經不復存在。

「我說，這些傢伙說你穿越到下週去了！跟我們大家講講小羅斯伯里[2]的事，好嗎？你覺得他的命運如何？」編輯非常詼諧地說。

時光旅行者一聲不吭地走到給他留的座位，用他慣常的方式靜靜地笑了笑。「我的羊肉呢？」他說：「又可以用餐叉叉肉啦，真是樂事一樁！」

「故事！」編輯喊道。

「去他媽的故事！」時光旅行者說：「我想吃東西。蛋白腖沒進入我的動脈之前，我一個字也不會說。謝謝。還有鹽。」

「只問一句，」我說：「你去時光旅行了？」

「是。」時光旅行者嘴裡塞得滿滿的，點頭說。

「我願以每行一先令的價格買下你的口述實錄。」編輯說。時光旅行者將酒杯推向那位沉默者，用指甲敲了敲杯子。一直盯著時光旅行者看的沉默者渾身直打戰，開始給他倒酒。接下來，晚餐的氣氛變得有些尷尬。就我而言，

1 尼布甲尼撒二世（Nebuchadnezzar II，約前六三四—前五六二），位於巴比倫的迦勒底帝國最偉大的君主，因在首都巴比倫建成著名的空中花園而為人讚頌，同時也因毀掉了所羅門聖殿而為人熟知。他曾征服猶大王國和耶路撒冷，並流放猶太人。《但以理書》中稱他曾離開宮殿，在野外田間以吃草為生，與獸無異地生活了七年，之後神智才恢復正常。

2 小羅斯伯里（Little Rosebery，一八四七—一九二九），或指英國自由黨政治家、第五代羅斯伯里伯爵阿奇博爾德·普里姆羅斯（Archibald Philip Primrose），他於一八九四年三月至一八九五年六月間任英國首相。

問題不斷地冒到嘴邊，我敢說在座其他人也一樣。記者講起女星海蒂・波特的逸聞，試圖緩解緊張的氣氛。時光旅行者埋頭吃晚餐，胃口好得像流浪漢。醫生抽著菸，瞇著眼看著時光旅行者。沉默者似乎比先前還要笨拙，他出於緊張，一口接一口地啜著香檳。終於，時光旅行者推開盤子，環視起眾人。「我必須道歉，」他說：「我就是餓壞了。我經歷了一段極其不可思議的時光。」他伸手拿了一支雪茄，剪掉茄帽。「還是去吸菸室吧。故事太長，不能在油膩的盤子前講。」他順手搖了搖鈴，帶領我們走進隔壁的房間。

「你已經跟布蘭克、丹什和喬斯講過機器的事了？」時光旅行者問我說。他仰靠在安樂椅上，說出三位新客人的名字。

「那純屬悖論。」編輯說。

「今晚我不爭辯。我不介意把這個故事講給你們聽，但我不想爭辯，」他接著說道：「如果你們想聽，我會把我的遭遇告訴你們，但不要打斷我。我想講出來，非常之想。故事的大部分內容聽起來像謊話。就這樣吧！它是真的，每一個字都是真的。四點鐘的時候我在實驗室，隨後，我度過了八天沒有任何人過過的日子！我現在很疲憊，但是，不把這個故事講完我是不會去睡覺的。講完了再睡。但不許插嘴！同意嗎？」

「同意。」編輯說。其他人也同聲附和。時光旅行者開始講述他的故事。起先他靠在椅背上，話語裡透著疲倦，之後他就越說越起勁了。寫下這個故事的時候，我深感自己筆力不足，尤其是不足以傳神。我想你們會用心閱讀，但是你們看不到小燈明亮的光圈下那張蒼白而又真摯的臉，聽不到他的語調，更無從知曉他隨著故事的起伏而變化的神情！吸菸室裡沒有點蠟燭，所以聽者大多坐在暗處，只有記者的臉龐和沉默者的小腿被燈光照亮。剛開始，我們還不時地互相瞥兩眼，沒過多久，我們就不這樣了，全都目不轉睛地看著時光旅行者的臉。

# 第三章

「上週四，我給你們中的幾位講述了時光機器的工作原理，還向你們展示了實驗室裡那臺尚未完工的實物。它還在那裡，旅行後有點損壞，一根象牙杆裂了，一根黃銅杆彎了，但其餘零件完好無損。我原計畫上週五完工，但週五那天就快組裝完畢時，我發現有根鎳杆短了整整一英寸，只好重做。因此它直到今天早上才大功告成。

「上午十點，首臺時光機器開啟了它的職業生涯。我最後一次輕輕拍了拍它，檢查了所有螺絲，在石英杆上加了一滴機油，然後坐上鞍座。當時的感覺就像一個企圖輕生的人用手槍抵著自己的腦袋，想知道接下來會發生什麼事。我一隻手握住啟動杆，另一隻手握住制動杆，先按下啟動杆，緊跟著又按下制動杆。

「我只覺天旋地轉，像在噩夢中墜入深淵。我環視四周，實驗室和原來完全一樣。發生了什麼事？一時間我懷疑自己的智商出了問題。然後我注意到了時鐘，指針片刻前約莫指著十點零一分，但現在都快指向三點半了！

「我深吸一口氣，咬緊牙關，雙手緊握啟動杆，只聽到『砰』的一聲，機器出發了。實驗室裡煙霧濛濛，越來越黑。瓦切特夫人走了進來，她顯然沒有看見我，徑直朝花園的門走去。我估算她穿過這地方需要一分鐘左右，然而眼前的她就像火箭一般飛馳過房間。我把啟動杆一按到底，夜晚就像燈熄了般忽然降臨，再一眨眼，已經到了明天。實驗室裡模糊不清、霧氣彌漫，接著越來越模糊。明晚的黑夜來臨了，接著又是白天、黑夜、白天，更替越來越快。旋轉的低鳴聲充斥著我的耳朵，一種奇怪而令人瞠目結舌的慌亂感突然襲上心頭。

「我恐怕傳達不出時間旅行中的奇特感受。極為令人不快，就跟在陡坡急彎路段下坡的感覺一模一樣——頭朝下無助地俯衝！我還有種可怕的預感，覺得下一秒就會被撞飛。加速之後，晝夜更替猶如黑色翅膀的撲動。昏暗的實驗室似乎就要離我而去，我看見太陽急速掠過天空，每分鐘都在跳動，一分鐘代表著一天。實驗室怕是已經毀了，我來到了室外。我依稀記得看到了鷹架，但我的速度太快了，已經留意不到任何移動的物體，連爬得最慢的蝸牛都在我眼前飛掠而過。黑夜和白天在瞬息之間交換更迭，令我的眼睛疼痛難耐。間歇性的黑暗中，我看見月亮飛速地從新月旋轉到滿月，還隱隱看到盤旋的星斗。我繼續行進，速度仍在加快，不一會兒，晝夜的悸動融成一片持續的灰色。天空呈現出美妙的深藍色，猶如暮色初臨時的壯麗色澤。劇烈跳動的太陽變成太空裡一道明亮的火光、一座燦爛的拱門，月亮則變成一條暗淡的飄帶。我完全看不到星星，只是偶爾看到一個光圈在藍天中閃爍不定。

「景色模模糊糊的。我還在這座房子坐落的小山坡上。山肩聳立在我上方，灰濛濛的。樹木的生長變化就像一團團水蒸氣，時而棕、時而綠，成長、蔓延、顫抖、死去。高樓大廈拔地而起，若隱若現，像夢一般掠過。整個地球表面似乎都變了，就在我眼皮底下融化流動。儀表板上顯示速度的小指針越走越快，我注意到太陽帶在夏至和冬至之間來回擺動，一分鐘甚至更短就能往返一次。所以我的速度達到了每分鐘一年。時間一分鐘一分鐘地過去，白雪掠過大地又消失，接踵而至的是明媚而短暫的春綠。

「出發時那種糟糕的感覺此刻已沒那麼強烈，最終演變成一種歇斯底里的興奮。我的確覺察到機器在笨拙的搖晃，不知是何緣故。但我的腦子裡糊裡糊塗的，已經無暇處理。就這樣，被瘋狂攫住的我向未來直衝而去。起初，我沒想過要停下來，除了那些新的感受外，我什麼都沒有想過。但是新的印象開始在我心裡滋生——一種好奇心和隨之而來的恐懼——最終完全控制了我。這個隱隱約約又難以捉摸的世界在我眼前飛速波動，當我仔細觀察它的時候，什麼人類的奇怪發展、什麼初級文明的非凡進步，也許不會顯現！我看到宏偉的建築在我身邊𠆢起，比我們自己時代的所有建築都要雄偉，然而它們似乎是由微光和薄霧建成。我看見一片更濃的綠色湧上山坡，停留在那裡，絲毫未受冬天侵擾。雖然我的腦海裡充滿困惑，但地球看起來仍然美好。於是我打算停下來。

「停下來特別危險，因為我和時光機器所占的空間裡可能有其他物質存在。只要我高速穿越時間，那就沒有大礙。打個比方說，我變稀薄了，像水蒸氣一樣在物質間的空隙中滑動！但一旦停下來，我的一個個分子就會擠進擋道的東西裡，這意味著我的原子和障礙物的原子發生親密接觸，以致產生強烈的化學反應，或許是一場劇烈的爆炸，其結果就是我和時光機器被炸到所有維度之外，進入未知世界。製造這臺機器時，我再三想到這種可能性，但當時我把它當作不可避免的風險——一個男人必須冒的風險——樂觀地接受了！如今這風險已迫在眉睫，我的心態不再樂觀。事實上，那無比陌生的萬物、機身令人噁心的震動和搖晃，尤其是長時間的跌墜感，已經在不知不覺中把我搞得心煩意亂。我對自己說絕不能停下來，但憑著一股任性，我又決定來個急停。我像個焦躁的傻瓜，用力拉制動杆，機器立馬旋轉起來，把我頭朝下猛甩了出去。

「一聲驚雷在我耳邊響起，我可能昏過去了一下。無情的冰雹在我周圍嘶嘶作響，我坐在一塊柔軟的草皮上，面前是翻倒的時光機器。一切依然是灰濛濛的，但我馬上發覺耳邊的嘈雜聲消失了。我環顧四周，我好像是在花園裡的小草坪上，周圍是杜鵑花叢。紫色的花朵被冰雹打得紛紛落下。冰雹在時光機器上方的雲端跳躍起舞，像煙霧般傾瀉而下。不一會兒我就全身溼透，『真好客啊，』我說：『如此款待一個穿越了無數年來見你們的人。』

「我覺得自己簡直太傻，就這麼任由雨水淋透。我站起身來，環顧四周，只見霧濛濛的滂沱大雨中，一座顯然是用白石雕成的巨大石像在杜鵑花叢後面若隱若現。其他什麼都看不見。

「我的感受難以名狀。冰雹漸稀之後，白色石像變得清晰起來。它很高大，旁邊一棵白樺樹才到它的肩膀。石像是由白色大理石雕成，形狀猶如長著翅膀的獅身人面像，不過這翅膀不是垂直安在兩旁，而是伸展開來，彷彿在翱翔。底座看起來像青銅鑄的，上面生了厚厚一層銅鏽。石像的臉正好與我相對，一雙盲眼好像在注視著我，唇上掛著淡淡的微笑。它飽經風雨，顯露出一副令人不快的病態。我站著打量了它一會兒，半分鐘，或許是半小時。冰雹忽疏忽密，石像彷彿也隨之忽進忽退。最後，我把目光從它身上暫時挪開，就見簾子般的冰雹已經磨薄，天空放晴，太陽該出來了。

「我再次仰望那座蹲伏著的白色石像，突然覺得這次旅行過於莽撞。這霧濛濛的天幕收起來後會是一番什麼景象？人類會出什麼事嗎？要是他們變得殘忍成性呢？要是這個時代的人類喪失了人性，變得冷酷無情，而且還力大無比呢？我或許看起來就像從遠古來的野獸，顯得可怖又可惡，馬上就要被宰殺。

「我已經看到了別的龐然大物——護牆交錯、立柱高聳的巨大建築，以及長滿樹木的山坡。它們穿過漸漸小下去的暴風雨，隱隱約約地朝我襲來。恐懼攫住了我，我瘋了似的轉向時光機器，拚了命想把它翻正過來。這時，一縷縷陽光擊穿雷暴，灰濛濛的大雨被掃到一邊，如幽靈的拖地長袍般不見了。在我頭頂上，夏天湛藍的天空裡，幾朵淡褐色的碎雲也轉瞬即逝。周圍的高大建築變得清晰了，它們在雨後的陽光下閃閃發亮，被尚未融化的冰雹襯托得格外醒目。

「身在這個陌生的世界，我深感脆弱無依，感覺自己就像晴空中的一隻鳥，知道老鷹在頭上盤旋，隨時都會撲下來。我的恐懼變成了瘋狂。我稍事休整，咬緊牙關，手腳並用地和機器激烈地扭鬥起來。經我一番猛攻，機器終於被我翻了過來。我的下巴被狠狠地撞到了。我一手扶著鞍座，一手握住操縱杆，氣喘吁吁地準備坐上去。

「但就在我從倉促的撤退中回過神時，我的勇氣又回來了。我更加好奇地打量著這個遙遠的未來世界，心中的懼意少了幾分。我看見近處一座房子的高牆上有缺口，裡面有一群身穿華麗軟袍的人。他們看到了我，向我張望著。

「接著我聽到有聲音傳來。白色獅身人面像旁邊的灌木叢裡人頭攢動，有人在奔跑。其中一個出現在通往我和機器所在草坪的小路上。他是個纖弱的傢伙——大概四英尺高——身穿紫色長袍，腰間繫著皮帶，腳上穿的是涼鞋還是半高統靴我辨別不出來。他裸露著小腿，頭上沒戴帽子，我這才注意到天氣有多暖和。

「他給我的印象是非常漂亮、優雅，但有種無法形容的虛弱。他潮紅的面孔讓我想起更加漂亮的肺結核病人——就是我們經常聽說的那種肺結核美人。一看到他，我就又恢復了自信。我鬆開了抓著時光機器的手。」

# 第四章

「轉眼間，我就和這個來自未來世界的虛弱小傢伙面對面地站在一起。他直直走到我面前，看著我的眼睛笑。他毫不畏懼的樣子立刻給我留下特別的印象。隨後他轉過身去，和跟在他身後的兩個同伴說起話來，語調奇怪、甜美又清脆。

「更多人走了過來，不一會兒工夫，就有八到十個優雅精緻的小人圍住了我。其中一個跟我講起了話，說來也怪，我覺得我的聲音對他們來說太過刺耳深沉。所以我搖搖頭，指著自己的耳朵，又搖了搖頭。他朝前邁了一步，躊躇了一下，然後碰了碰我的手。這時我感到後背和肩頭也有柔軟的小手在觸摸。他們是想確定我是否真實存在，我絲毫不覺害怕。這些漂亮的小人的確能激發我的自信——他們優雅溫順，像孩子般無憂無慮。此外，他們看起來如此脆弱，我想我能像玩九柱戲那樣將這十來個小人全部撂倒在地。但當我看到他們把粉紅色的小手伸向時光機器時，我趕緊打了個警告的手勢。慶幸的是，我及時想到一個被我忘掉的危險——我探身將啟動杆擰了下來，放進我的口袋。接著我再一次轉過身來，尋思著該怎麼和他們交流。

「我近距離地觀察起他們的容貌，在他們如德勒斯登瓷器般美麗的面龐上，我又看到某些獨特之處。他們清一色齊頸捲髮，臉上半根毫毛都沒有，耳朵小得出奇，嘴巴也小，兩片薄薄的嘴唇呈鮮紅色，下巴小而尖，眼睛大而柔。也許是出於自負，我以為他們會對我感興趣，然而並非如此。

「他們並未嘗試和我溝通，只是站在我周圍微笑著，溫聲細語地互相嘀咕。我試著和他們溝通，指指時光機器和我自己。接著，我猶豫了片刻，不知道該如何表達時間，就指了指太陽。一個穿紫白格子衣裳的優雅漂亮的小傢伙馬上順著我的手勢，學了一聲雷鳴，令我大吃一驚。

「他的舉動簡單明瞭，但我還是嚇了一跳。我的腦海裡突然湧進一個問題：這些小生物是笨蛋嗎？你們可能難以理解我為何會這麼想。我一向認為八十萬兩千多年後的人在知識、藝術等一切方面都會遠遠超過我們，但他們中的一個卻突然問我是不是乘著雷暴雨從太陽上下來的?!從這個問題可以看出，他的智力只有五歲的水準。這進一步坐實了我從他們的衣著、瘦弱的四肢，和柔弱的面容作出的判斷。一股失望之情在我心頭油然而生，有那麼一刻，我覺得這臺時光機器白造了。

「我點點頭，指著太陽，繪聲繪色地模仿了一聲雷鳴，把他們給驚住了。他們全都後退一步，向我鞠起躬來。其中一位對我笑著，手持一串我從沒見過的美麗鮮花，套到我脖子上。這個主意博得一片動聽的歡呼聲，接著他們全都跑來跑去採摘鮮花，笑著把花拋到我身上，直到我幾乎被花朵淹沒。那些由無盡的文化長河孕育出的花兒是何等的優雅美妙，沒見過的人根本想像不出來。這時有人提議把他們的玩具放到最近的建築裡展示，於是他們帶我走過那座白色大理石獅身人面像——它似乎一直在對我的驚訝報之以微笑——朝一座受到腐蝕的巨型灰色石造建築走去。跟著他們走時，我按捺不住歡樂地回想起，自己曾信心滿滿地以為我們的後人極其聰慧而又極其嚴肅。

「那棟建築的入口很大，整體也是碩大無朋。我的注意力自然而然地被越聚越多的小人和張著大口、幽暗而神祕的大門所吸引。從他們的頭頂望過去，眼前這個世界給我的大體印象是一塊雜亂地長著美麗的灌木和鮮花的荒地，一座常年無人打理卻不生雜草的花園。許多奇異的白色花穗高聳著，蒼白的花瓣約有一英尺寬，如野花般散布在斑駁的灌木叢裡。然而，正如我所說，當時我沒有去細看它們。時光機器還被捨棄在那塊草坪上的杜鵑花叢中。

「入口的拱門上雕刻得富麗堂皇。我當然沒有仔細觀看那些雕刻，不過穿過拱門時，我看到了像是古代腓尼基人的裝飾圖案，它們久經風雨侵蝕，已經殘破不堪。幾個穿得更鮮豔的人在門口迎接我，我們走了進去。我穿著一件十九世紀的灰暗衣服，脖子上掛著花環，看起來荒誕不經。一大群人如漩渦般將我團團包圍。他們穿著豔麗柔軟的長袍，四肢皮膚白皙閃亮，沉浸在一陣陣悅耳的歡聲笑語之中。

「大門通往一個與之相稱的大廳，裝飾風格以褐色為主調。屋頂籠罩在陰影裡，有的窗戶裝了彩色玻璃，有的沒有，溫和的光線照了進來。地板是用

非常堅硬的大塊白色金屬鋪成的，而不是用板條或厚板。恐怕是由於一代又一代的人在上面來回走動的緣故，地面磨損得厲害，走得最多的地方都磨出了深溝。大廳裡橫放著無數張磨光的石板桌，離地約一英尺高。桌上堆了好多水果，有些我認得出來，是過於碩大的山莓和柳丁，但大部分都很陌生。

「石桌之間散放著許多墊子。我的嚮導都坐上墊子，打著手勢要我也坐下。沒有進行任何儀式，他們便動手吃起水果，把果皮果莖之類的東西扔進桌邊的圓洞。又飢又渴的我也跟著效仿。與此同時，我從從容容地審視起這間大廳。

「讓我印象最深的是它的破敗。彩色玻璃窗僅呈現出一個幾何圖案，很多都碎了，窗簾下襬沾滿了灰塵。我旁邊那張大理石桌的一角已經開裂。但總體上還是富麗堂皇、如同畫境。大約兩百個人正在大廳就餐，多數人都盡量靠近我坐。他們一邊吃著水果，一邊饒有興趣地打量我，小眼睛在水果上方閃閃發亮。他們都穿著同樣柔軟、結實的絲綢衣服。

「順便提一句，水果是他們唯一的食物，這些生活在遙遠未來的人類是嚴格的素食主義者。跟他們在一起時，儘管我很想吃肉，但還是不得不以水果充飢。我後來發現，馬、牛、羊和狗都步了魚龍的後塵，已經相繼滅絕。但這些水果非常討人喜歡，尤其是一種有三角形外殼的麵粉狀水果，味道特別好，我在那裡的時候似乎始終當令，我把它當作主食來吃。起初，所有那些奇異的花果都讓我感到困惑不已，但是接下來，我漸漸開始理解它們的含義。

「不管怎樣，我正在跟你們講述我在遙遠的未來吃水果宴的情形。稍感飽足之後，我便決心去學習這些新人類的語言。毫無疑問，這就是我下一步要做的事。從水果學起很適宜，於是我拿起一個，不停地比畫著，發出一連串的詢問。我實在難以把意思傳達清楚。起先，我的努力換回的是驚訝的眼神和哄堂的笑聲，不過很快就有個金髮小人好像明白了我的意圖，重複起一個名字來。他們互相嘮叨個沒完，花了很長時間討論我說的意思。我開始模仿他們語言中雅致短小的發音，引得他們樂不可支。我就像個置身在孩子之中的老師，固執地模仿學習，一口氣掌握了至少二十個名詞。接著我又學會了指示代名詞，甚至還學了『吃』這個動詞。但這頗費工夫，那些小人很快就厭煩了，想要避開我的提問。所以我決定等他們想教我時再一點一點地學。沒過多久，我就發現他們每次教的東西都少得可憐——我還是頭一回碰到那麼好逸惡勞、那麼容易疲倦的人。

「我很快就發現我的小東道主有個奇怪的特點，就是他們對一切都不感興趣。他們會像孩子一樣驚呼著來到我身邊，但也會像孩子一樣轉眼就不再觀察我，走開去找別的玩意兒。晚餐和初次交談結束的時候，我才注意到圍著我的人幾乎跑光了。同樣奇怪的是，不過一眨眼的工夫，我就不再把他們放在心上。飢餓感剛一消除，我就走出大門，再次進入陽光下的天地。我不斷遇到這些未來世界的人兒，他們跟隨我走上一小段路，議論我、打趣我，微笑著比畫，撇下我和我的裝置而去。

「我走出大廳時，寧靜的黃昏已降臨大地，夕陽溫暖的光輝照亮了四周的景致。最初我完全摸不著頭腦，一切都和我所熟悉的那個世界截然不同，連花也不一樣。我剛離開的高樓坐落在一條大河谷的坡上，然而泰晤士河可能移動了大約一英里。我決定登上一英里半開外的一座山峰——那裡的視野更開闊，可以將這顆星球在西元八〇二七〇一年的模樣看得更加清楚。這裡需要說明一下，這是時光機器的小儀表板上顯示的年分。

「我邊走邊留意一切有助於解釋這廢墟般壯景的蛛絲馬跡。比方說，小山上去是一大堆花崗岩，由大量的鋁塊連在一起，像斷垣殘壁構建的巨大迷宮。迷宮裡叢生著非常美麗的寶塔形植物，可能是蕁麻，但葉子呈奇妙的褐色，而且不刺人。它顯然是某座巨大建築的遺址，但因何而建我不得而知。不久之後，我命中註定會在這裡碰到一件非常弔詭的事情——這是一個更為奇特的發現的先兆——我會在適當的時候再說。

「我在一個平臺上休息了片刻，突然想起了什麼。我四下張望，發現一座小別墅都看不到。獨戶住房，甚至可能連裡面的住戶都已消失不見。蔥蘢翠綠間隨處可見宮殿式的建築，但具有英國風情的別墅和村舍已不見蹤影。

「『共產主義』。我自言自語道。

「緊接著我又想到一件事。我看了看那六七個跟在我後頭的小傢伙，瞬間發覺他們全都穿著同樣的衣裳，有著同樣柔軟無毛的面龐和同樣渾圓的少女般的肢體。你們也許會覺得奇怪，我之前都沒注意到這一點。但這一切都是那麼奇怪。現在我看懂了。就服裝，還有區別兩性的特徵和儀態而言，這些未來的人很相似。兒童看起來像父母的縮小版。於是我判斷這個時代的兒童極為早熟，至少在身體上如此。後來我找到了充分的依據。

「見到這些人生活得如此安逸、安心，我覺得男性和女性長得如此相像也就合乎情理了。因為男剛女柔、家庭制度，以及職業分類都只是體力時代競爭的需要。在人口眾多且均衡的國家，過度生育有害無益。在暴力罕見、後代安居的年代，高效的家庭不再那麼必要——事實上沒有存在的必要，父母角色的差異也不復存在。這種現象在我們的時代就已經初見端倪，如今在這個未來的世界裡完全實現。我必須提醒你們，這只是我當時的猜測，後來我才發現它和事實相去甚遠。

「當我細細思忖這些事情的時候，一座漂亮的小建築引起了我的注意——像是圓屋頂下的一口水井。我的思路一轉，心想這真是怪事啊，水井竟然一直存在到了這個年代。緊接著我又沉浸到原先的思緒之中。往山頂的方向沒有什麼大建築物，我的步履異常矯健，沒多久就甩開了他們，頭一次一個人獨行了。懷著奇怪的自由感和冒險感，我繼續朝頂峰邁進。

「在那裡我發現一張椅子，是用一種我叫不出名字的黃色金屬做的，有些地方被粉紅的鏽斑侵蝕，一半椅身被柔軟的苔蘚覆蓋，扶手做得像獅身鷹首獸的腦袋。我在椅子上坐下，放眼俯瞰長日將盡落日餘暉下的舊大陸。我從未見過如此美妙的景色。太陽已經落山，金色的晚霞輝映西天，幾道紫色和深紅色的光帶點綴其間。下面是泰晤士河谷，泰晤士河宛若一條錚亮的鋼帶。前面提到的那些散布在綠色叢中的宏偉宮殿，有些早已廢棄，有些還有人住。在這個荒蕪的花園裡，到處聳立著白色或銀色的塑像，隨處可見圓頂和方尖塔。沒有樹籬，沒有產權標誌，沒有農耕跡象，整個地球成了一座花園。

「注意，我要開始解釋我見到的這一切了。隨著那天晚上事情的進展，我的解釋大致如下（後來我才發現，我只說對了一半，或者只看到了真相的一個方面）。

「我似乎撞見了衰敗中的人類。落日的餘暉讓我想到了人類的沒落。我第一次意識到，我們正投注心力的社會勞動將產生這樣一個奇怪的結果。不過轉念一想，這又合乎邏輯。需求滋生力量，安逸導致衰弱。改善生活條件的努力——使生活越來越安定的文明化過程——已經朝頂峰穩步邁進。團結的人類一次又一次戰勝自然，那些在我那個年代看起來遙不可及的事情已經實現並向前推進，其成果就是我看到的！

「畢竟，我們的衛生和農業水準仍處於初級階段，科學只攻克了人類的一小部分疾病，即便如此，它仍在持續穩步發展。我們的農業和園藝僅限於四處清除雜草，也許還培育出了二十來種對健康有益的植物，但絕大多數植物只能讓它們自生自滅。我們透過選擇育種改良我們最愛的動植物（它們太少了），得到無子的葡萄、更新更優的桃子、更大更美的鮮花，和更容易飼養的牛。我們逐步改良它們，因為我們的理想是模糊的、試探性的，我們的知識是非常有限的，大自然在我們笨拙的手裡也是羞怯而遲鈍的。總有一天，這一切會變得井然有序、越來越好。這是潮流所趨，儘管會出現漩渦。整個世界將變得充滿智慧、富有教養、善於合作。征服自然的腳步將越走越快。最終，我們會明智而又小心地重新調整動植物的平衡，以適應我們人類的需求。

「這種調整，我說，一定已經完成，而且還完成得很好。在我的時光機器躍過的這段時間裡完成的。空中沒有蟣蠓與蚊蚋，地上不生雜草或菌類，到處都是水果和漂亮可愛的鮮花，彩蝶四處飛舞。預防醫學的目標已經實現，疾病已被根除。在那裡逗留期間，我沒有看到任何傳染病的跡象。我之後還要告訴你們，甚至連腐爛和衰敗都深受這些變化的影響。

「社會成就也受到了影響。我看到人類住得富麗堂皇，穿得光鮮華美，卻沒看到他們辛苦勞動。沒有鬥爭的跡象，既沒有社會鬥爭，也沒有經濟鬥爭。商店、廣告、交通，所有構成我們這個世界主體的商業都不復存在。在那個金色的傍晚，我自然而然地想到了天堂社會這個概念。我想他們遇到過人口增長的問題，而現在人口已經停止增長了。

「環境變化之後，必定就得適應這種變化。人類哪來的智慧和精力（除非生物學謬誤百出）？源自困苦和自由的環境。在這樣的環境下，只有積極而敏銳的強者方能生存，弱者必遭淘汰。這種環境尤其重視有才能的人之間的忠誠合作，以及克制、耐心和果斷。而家庭制度以及隨之而來的種種感情——強烈的妒意、對後代的慈愛、父母的奉獻——都在孩子面臨迫在眉睫的危險時變得合理。現在，這些迫在眉睫的危險在哪裡？有一種情感正在滋生，它與夫妻間的妒忌、強烈的母性，和一切激情都背道而馳。現在這些東西都是多餘的，它們讓我們感到不自在，是野蠻社會的殘留物，優雅愜意生活的不和諧音。

「當我想到這些纖弱而低智商的小人和那些大片的廢墟時，我更加確信人類徹底征服了大自然，因為戰鬥過後是寧靜。人類曾經強壯有力、精力充沛、充滿智慧，用充裕的精力改變了自己的生存環境。而現如今，改善後的環境起反作用了。

「旺盛的精力本是一個人的強項，但在極其舒適和安全的新環境下，它反倒成了弱點。即使在我們自己的時代，某些對生存而言曾必不可少的性情和欲望，也會不斷成為失敗之源。譬如，對文明人來說，驍勇好戰於事無補，甚至還會成為絆腳石。當你處於健康安逸的狀態時，體力和智力都不得其所。我斷定，無數年以來，人類從未經歷戰爭或暴行，從未遭遇野獸，從未碰到需要增強體質才能抵禦的消耗性疾病，也從未從事艱苦的勞動。在這樣的生活中，所謂的弱者與強者並無差別，弱者其實不再弱小。事實上，弱者更具優勢，因為強者會為精力無處宣洩而煩惱不安。毫無疑問，我見到的那些精緻華美的建築物，是人類漫無目的的精力最後一次迸發的產物，隨後人類便開始與他們生存的環境和諧共處。那次勝利帶來了最終的和平。這就是人類的精力在安逸環境中的歸宿——沉湎於藝術和情色，接踵而至的是倦怠與衰敗。

「就連追求藝術的衝動也終將消失，在我看到的這一時代裡，這種衝動已經快要消失了。用鮮花裝飾自己、在陽光下載歌載舞，是他們僅存的藝術精神。甚至連這個最終都會變成愜意的懶散。痛苦和需求的磨石把我們那代人磨得非常鋒利。現在這塊可惡的磨石終於被打碎了！

「我站在漸濃的暮色中，覺得自己已經用簡單的解釋理解了世界的問題，也洞悉了這些令人愉快的小人的全部祕密。也許他們控制人口增長的辦法過於奏效，所以他們的人口不是保持穩定，而是減少了。這就能解釋那片廢墟了。我的解釋非常簡單，聽起來也很合理，就像大多數錯誤的理論！」

# 第五章

「我站在那裡，思索著人類過於完美的勝利。一輪黃色的滿月從東北方升起，灑下一片銀輝。山下歡快的小人不再走動，一隻貓頭鷹無聲地掠過。夜晚的寒意襲來，瑟瑟發抖的我決定下山找個過夜之處。

「我尋找著那棟熟悉的建築。我的目光落在那尊青銅底座的白色獅身人面像上。升起的月亮越發明亮，雕像也越發清晰，我還看到了靠著它的銀樺樹。杜鵑花叢交纏在一起，在蒼白的月光下黑成一團。我看到了那塊小草坪。我再度朝它望去，一種莫名的疑慮讓自鳴得意的我不禁倒吸一口涼氣。『不，』我堅定地對自己說：『這不是那塊草坪。』

「但它就是那塊草坪，因為獅身人面像麻瘋病人般的白臉正對著它。你們能想像出我當時的感受嗎？你們不能。時光機器不見了！

「我像是挨了當頭一棒。我可能會失去自己的時代，被無助地留在這個陌生的新世界。一想到這裡，我的身體就有了不妙的感覺，像喉嚨被誰扼住，喘不過氣來。我恐懼不已，大步流星地朝山下衝去，結果摔了個倒栽蔥，把臉都劃破了。我顧不上止血，跳起來繼續猛跑，一股溫熱的鮮血順著臉頰和下巴流了下來。我邊跑邊對自己說：『他們只是把它稍微挪動了一下，推到灌木叢裡去了。』但我仍在全力奔跑。人在極度恐懼的時候往往頭腦很清醒——我知道自己是在自欺欺人——我的直覺告訴我時光機器已經找不到了。我痛苦地喘著氣，從山頂到這塊小草坪大約兩英里的路程，我跑了十分鐘。我已不再年輕。我邊跑邊高聲責罵自己太蠢，竟然把時光機器扔在這裡，白白浪費那麼多力氣。我大聲呼喊，但無人回應。在這個月光下的世界裡，似乎沒有一個活著的生物。

「我跑到那塊草坪上時，最擔心的事情還是發生了。時光機器全然不見一絲蹤影。面對黑漆漆的灌木叢中的這塊空地，我感到渾身發冷，幾乎就要暈過去。我瘋了似的繞著草坪奔跑，好像時光機器就藏在哪個角落，接著我又突然停住腳步，猛揪自己的頭髮。青銅底座上的獅身人面像在我身邊高聳著，麻瘋病人般的臉在月光下慘白發亮。它微微地笑著，彷彿在嘲笑我的沮喪。

「要不是我確信那些小人體力不足智力低下，我會安慰自己是他們把我的機械裝置挪進什麼地方了。令我倍感擔憂的是，我感覺我的發明是被某種未知的力量弄沒了的。不過有一點我可以確信，這臺時光機器沒有在時間裡移動，除非某個時代裡製造出了它的複製品。操縱杆的附加裝置能防止別人對其胡亂擺弄，方法我之後再演示給你們看。它被挪走藏了起來，但只是在空間裡移動了。但它究竟在哪裡呢？

「我一定急壞了。我記得我繞著獅身人面像，在月光下的灌木叢裡瘋狂地衝進衝出，驚嚇到了一隻白色的動物，昏暗的月光下，我以為那是一頭小鹿。我還記得那天深夜，我緊握拳頭猛擊灌木叢，直到指關節被劃了個大口子，血汩汩地流了出來。我悲痛欲絕，抽噎著，咆哮著，一路走到那棟巨大的石頭建築裡。大廳裡一片漆黑，空寂無人，我在凹凸不平的地面上滑了一跤，摔倒在一張孔雀石桌上，險些摔斷脛骨。我劃燃一根火柴，走過積滿灰塵的窗簾，這窗簾我跟你們提過。

「我發現了另一個大廳，裡面鋪滿墊子，大約二十個小人睡在上面。我再度現身，肯定讓他們感到奇怪——我突然從寂靜的黑暗中冒出來，嘴裡嘰哩咕嚕的，手裡的火柴劈啪作響，閃起一道亮光——他們已經忘記了火柴是何物。『我的時光機器在哪裡？』我像個憤怒的孩子一樣大叫大嚷，抓住他們用力搖晃。他們一定覺得太怪異了，有人笑了，大多數人則顯得非常害怕。我看到他們圍著我站著時，忽然意識到這種情況下我這麼做真是愚蠢至極，這只會重新燃起他們的恐懼感。從他們白天的行為來看，我以為他們已經沒有恐懼感了。

「我猛地扔掉火柴，跌跌撞撞地穿過大廳跑到月光下，半路上還撞倒一個小人。我聽到驚恐的叫喊聲，還有他們的小腳踉踉蹌蹌跑來跑去的聲音。我已記不清月亮爬上天空時自己都做了些什麼。時光機器丟失得出人意料，所以我極為惱火。我和同類的聯繫被絕望地隔斷了，我成了陌生世界裡的一頭野獸。我當時一定在踱來踱去，胡言亂語，為自己的厄運哭天搶地。那個絕望的長夜走向盡頭的時候，我記得自己感到了可怕的疲乏。我還記得自己在一個又一個不可能之處尋找，在月光下的廢墟中摸索，黑暗中摸到了一些奇怪的生物。最後我在獅身人面像旁邊躺了下來，痛哭流涕。我就只剩下痛苦了。後來我就睡著了。等我再度醒來時，天已大亮，兩三隻麻雀在我身旁歡蹦亂跳，觸手就可以摸到。

「我在早晨清新的空氣中坐起身來，努力回憶自己怎麼會在這裡，又怎麼會感到如此孤獨和絕望。我的思緒變得清晰了。在這光天化日之下，我能正視自己的處境。我意識到自己昨夜的瘋狂舉動著實愚蠢，現在我又恢復了理智。『最壞的結果會怎樣？』我對自己說：『如果時光機器丟掉了，或是已經毀損，我就應該保持冷靜和耐心，瞭解這些小人的生活方式，回想該怎麼造出時光機器的做法，找到獲取材料和工具的途徑，搞不好還能再造出一臺。』這是我唯一的希望，或許很渺茫，但總比絕望好。畢竟，這是一個美麗而奇特的世界。

「也有可能只是被人搬走了。那我還是要保持冷靜和耐心，找到它被藏匿的地方，藉由武力或計謀讓它物歸原主。我匆忙起身四下觀望，想找個洗澡的地方。我感到筋疲力竭，渾身僵硬，被這趟旅行弄得一身髒。這個神清氣爽的早上讓我渴求神清氣爽。我的情緒已被消耗殆盡，事實上，在我著手尋找機器的時候，我都納悶自己昨晚怎麼會激動成那樣。我在小草坪四周仔細搜尋，浪費時間向路過的小人問問題，但一無所獲。我盡我所能地比畫著，然而他們無法明白我的手勢，有的人無動於衷，有的人以為我在開玩笑，還取笑我。不朝那些笑嘻嘻的漂亮臉蛋動粗簡直是世界上最難的任務。這是一種愚蠢的衝動，但恐懼和憤怒引發的心魔難以抑制，還令我困惑不解。草坪給了更好的建議。我發現上面裂出一道凹槽，就在獅身人面像的底座和我的腳印之間。那腳印是我抵達時拚命想把時光機器翻正過來留下的。旁邊還有其他搬動的痕跡——一些怪異狹窄的腳印，我猜是樹懶留下來的。我不由得仔細觀察起底座來，它是青銅做的，我想我之前說過。它不是一個整塊，而是每一側都精心裝飾著帶框的嵌板。我走過去敲了敲嵌板，發現底座是空的。我仔細打量嵌板，發現它和邊框並不相連，上面也沒有把手和鑰匙孔。如果嵌板是門的話，應該能從裡面打開。我心裡已經有了定數。不用費多少腦筋就能推定：我的時光機器就在這個底座裡面。但它是如何進去的就不得而知了。

「只見兩個穿著橙色衣服的人穿過灌木叢，從花滿枝頭的蘋果樹下朝我走來。我朝他們笑了笑，招手示意他們過來。他們來了，我指著底座，表明我想打開它。他倆看到我的手勢後，表現得非常怪異。我不知道該如何向你們描述他們的表情——假如你對一個心思敏感的女人做了一個很不得體的手勢，她就會露出那種表情。他們走開了，像遭受了莫大的侮辱。此後我又對一個穿白衣服的漂亮小人比畫了一番，結果完全一樣。不知為何，他的態度讓我為自己感到羞愧。但正如你們所知，我得找回時光機器，所以我又跟他比畫起來。當他和剛才那兩位一樣掉頭離開時，我的脾氣上來了，三步併作兩步追上他，一把揪住他寬鬆的衣領，硬把他拖向獅身人面像。然後，我看到了他臉上的恐懼和厭惡。我猛然放開了他。

「我沒有氣餒，揮拳猛敲青銅嵌板。我似乎聽到裡面有動靜——確切地說，是『咯咯』的笑聲——但我一定聽錯了。我從河邊撿了一塊大鵝卵石，不停地敲打嵌板，直到裝飾用的圓盤被敲平，銅鏽像粉末一樣往下掉。方圓一英里內的纖弱小人絕對都能聽到我力氣十足的敲擊聲，不過他們沒有任何反應。

我看見山坡上有夥人偷偷摸摸地朝我張望。

「最後我又熱又累，便坐了下來，守著這個地方。但我太心煩氣躁了，沒法一直守下去。我是個過於典型的西方人，長時間的守夜我做不來。我可以花上好幾年的時間鑽研一個難題，但要我乾坐二十四小時就是另一回事了。

「過了一會兒，我站了起來，漫無目的地穿過灌木叢，又朝小山走去。『耐心，』我對自己說：『如果你還想找回時光機器，就別去管那座獅身人面像。如果他們存心要拿走你的機器，那你砸爛那些青銅嵌板也無濟於事。如果他們無此打算，那等到你有機會跟他們開口，你就能要回來。置身於所有這些未知的事物中間，面對這樣一個難題是令人絕望的，會讓你走向偏執。直面這個世界，學會它的方式，觀察它，別草率下結論，最終你會找到線索的。』我突然覺得自己的處境很好笑：幾年來我潛心鑽研，埋頭苦幹，終於如願進入了未來時代，但現在又急切地渴望離開它。我給自己挖了一個有史以來最複雜、最無望的陷阱。我是自討苦吃，然而還是無法自拔。想到這裡，我不禁放聲大笑。

「走過大宮殿的時候，我感覺那些小人都在躲著我。也許是我想多了，也許跟我捶打石像底座的青銅門有關。然而我確實覺得他們在躲著我。我小心翼翼地裝作若無其事，不再去追問他們。一兩天後，一切恢復如常。我學了很多他們的語言，此外我還四處去探索。不是我沒領會到微妙之處，就是他們的語言過於簡單——幾乎全由表示具體意義的名詞和動詞組成，抽象術語少得可憐，比喻性的詞語則幾乎不用。他們的句子通常簡單到只有兩個詞，而我只能表達或聽懂最簡單的觀點。我決定先把時光機器和獅身人面像底座裡的謎埋進記憶的角落，等對這個世界有了足夠的瞭解，我自然會重新思考這些問題。但是有種莫名的感覺——你們可以理解的——令我只想在這幾英里範圍內活動。

「就我目力所及，整個世界就像泰晤士河谷一樣充滿生氣、富饒豐足。無論我登上哪座小山，都能看到大批宏偉壯麗、材料和風格迥異的建築，都能看到同樣的常綠灌木，同樣的開滿鮮花的樹木和蕨類植物。到處是銀光閃爍的水面，遠處大地與綿延起伏的藍色山巒融為一體，逐漸消失在寧靜的天際。一種奇怪的景觀引起了我的注意。我看到幾口圓形的水井，似乎非常之深，有一口就在我第一次上山走的那條山路旁。跟其他井一樣，它的外緣鑲著造型古怪的青銅邊，上面蓋著一個遮雨的小穹頂。我坐到井邊，凝視黑漆漆的井下。我看不到粼粼的波光，劃亮火柴也不見倒影。但每口井裡都傳出『砰砰砰』的聲音，像大型發動機的聲響。藉著火柴的光亮，我發現有一股穩定的氣流直往井下跑。我往井裡扔了一張小紙片，它沒有緩緩飄落，而是瞬間被吸了進去，消失得無影無蹤。

「沒過多久，我就把這些水井和山坡上四處聳立的高塔聯繫在一起，因為高塔上空經常出現搖曳的光柱，像大家在烈日炙烤的海灘上看到的那樣。綜合種種跡象，地底下很可能有一個龐大的通風系統，但其真實用途就難以想像了。起初我傾向於認為這是他們的衛生設施。這個結論很好理解，不過大錯特錯。

「這裡我必須承認，在這個真實的未來的逗留期間，我對他們的下水道、警鈴、運輸工具等便利設施瞭解甚少。在我讀過的有關烏托邦和未來世界的構想裡，有許多對建築和社會設施等詳細的描述。當整個世界存在於一個人的想像中時，這些細節都能輕而易舉地獲得，而對於一個真的置身於這個世界的旅者而言，它們就難以得到了。設想一下，一個剛從中非來到倫敦的黑人，會給他的部落帶回什麼樣的見聞！他哪知道鐵路公司、社會運動、電話線、電報線、快遞公司、郵政匯票等東西？但我們至少樂意跟他解釋！然而即便他都知道了，他又能讓他那些沒出過遠門的朋友理解多少，相信多少？想想我們時代的黑人和白人之間的差別有多小，而我自己和這個黃金時代的人之間的差別有多大！我覺察到還有好多事物沒有看到，正是它們讓我在這裡感到舒適。但除了對他們的自動化體系有大致印象外，恐怕我對你們也說不出多少差別。

「就拿殯葬來說吧，我沒有看到火葬場的跡象，也沒有看到任何能讓人聯想到是墳墓的東西。但我轉念一想，也許在我探索的區域之外有墓園或火葬場。這又是我故意給自己提的問題，而在這個問題上，我的好奇心被徹底挫敗了。它讓我困惑不已，並生出一個讓我更感困惑的念頭：這些人中沒有一個老弱病殘的。

「我最初認為這裡的文明是自動化的，這裡的人類是退化的，不過我必須承認，沒過多久我對這個看法就感到不滿意了，但我又想不出其他解釋。我來講講其中的難解之處。我去過的幾個大殿只是起居室、大餐廳和臥室。我沒有見到任何形式的機器和設備，然而這些人穿著的漂亮紡織品肯定需要不時更新；他們的涼鞋雖然看起來簡樸，卻是工藝複雜的金屬製品。反正這些東西一定都是製造出來的。但是這些小人沒有展現出絲毫的創造力。沒有商店，沒有工廠，也沒有舶來品的跡象。他們終日文雅嬉戲，河中沐浴，半鬧著玩地做愛、吃水果和睡覺。我不明白這一切是怎麼維持下去的。

「再回到時光機器。它被某種東西弄到白色獅身人面像的空心底座裡去了，到底是什麼東西我不得而知。為什麼要這麼做？我這輩子都想像不出。還有那些無水的井、那些搖曳的光，也讓我覺得沒有頭緒。怎麼說呢？好比你發現一篇碑文，通篇都是淺顯簡單的英文句子，但中間又穿插了一些你前所未見的單詞或字母。好吧，在我抵達的第三天，西元八〇二七〇一年的世界就是這樣展現在我面前！

「也就是在那一天，我交了一個朋友——算是朋友吧。事情經過是這樣的，我正看著幾個小人在淺水裡游泳，其中一個突然抽筋，開始順流而下漂去。水流雖說較急，但就算水性一般都應該能夠應付。然而他們卻由著那個輕聲哭喊的小人兒在他們眼皮底下沉下去，沒有一個人做出哪怕一丁點的救援舉動。說到這裡，你們會覺得這些生物身上有奇怪的缺陷。當我明白過來後，就趕緊脫掉衣服，從下游蹚進水裡，一把抓住那個可憐的小傢伙，把她安全拖到岸上。稍稍揉搓她的四肢後，她甦醒了過來。離開她之前，她已安然無事，我滿足極了。我對她們這些小人的評價很低，所以沒指望收到她的答謝。這次我錯了。

「這事發生在早上，下午我探險歸來時，遇上了那個小女人，一定是她。她歡呼著迎上前來，獻給我一個大花環，顯然是專門為我一個人做的。這東西讓我浮想聯翩，很可能是因為我感到傷心寂寞。不管怎樣，我盡量擺出欣賞這件禮物的樣子。我們很快就在一個小石亭裡坐下並交談起來，主要是互致微笑。她孩童般的友善打動了我。我們互遞鮮花，她吻了我的手，我也吻了她的。隨後，我設法和她交談，得知她叫維娜。雖然我不知道這個名字的含義，但它似乎挺合適的。就這樣，一段奇特的友誼開始了——它持續了一週便告結束，我會跟你們講的！

「她完全像個孩子，總想和我在一起。我去哪裡她都盡量跟著。隨後一次外出，我打算故意把她累倒，然後扔下她一走了之，任憑筋疲力竭的她在我身後淒厲地叫喊。但這個世界的問題需要搞清楚。我對自己說，我來到未來不是為了談情說愛。我丟下她時，她悲痛欲絕，近乎瘋狂地抗議離別。她的關愛給我帶來了慰藉，同時也帶來了等量的麻煩。無論如何，她是一種莫大的慰藉。我想是一種幼稚的愛慕使得她對我產生了依戀。等我清楚地意識到，我離開她給她帶來很大的痛苦，以及她對我意味著什麼時，一切為時已晚。這個洋娃娃般的生物，僅憑對我的喜歡和關心（她的關心顯得羸弱而徒勞），就使得我走到白色獅身人面像附近時，會油然產生一種回家的感覺。一翻過那座小山，我就尋找起她白黃相間的小身影。

「也是從她那裡，我得知恐懼尚未離開這個世界。白天她無所畏懼，對我也異常信任，有次我做蠢事，朝她扮了個恐嚇的鬼臉，卻引得她哈哈大笑。但她懼怕黑暗，懼怕黑影，懼怕黑色的東西。黑暗是她唯一害怕的東西。那是一種極為強烈的情緒，讓我不由得開始思考和觀察。我還發現一件事，這些小人天黑後就聚集到那幾棟大房子裡，成群結隊地睡在一起。如果你靠近他們時沒點燈，就會引發驚恐的騷動。天黑之後，我從未在室外見到一個人影，也從未在室內見到有人獨自就寢。然而我是個大傻瓜，沒有從他們的恐懼中吸取教訓，而且不顧維娜的悲傷，堅持不跟這幫熟睡的傢伙睡在一起。

「這讓她深感苦惱，但她對我詭異的愛意最終占了上風。我們結識後的五個晚上，包括最後一夜，她都是枕在我手臂上入睡的。我光顧著說她，都忘記講自己的事了。救她的前一晚，我在天將破曉時醒了過來。那晚我輾轉難眠，夢見自己溺斃了，海葵柔軟的觸鬚在觸摸我的臉。我一下子驚醒了，不知怎的有種奇怪的幻覺，感覺一隻淡灰色的動物剛剛衝出房間。我想再次睡去，但煩躁不安得要命。那是黎明前的灰暗時刻，萬物剛從黑暗中爬出來，一切都顯得蒼白無色、輪廓分明、如夢似幻。我起身走出大廳，來到宮殿前的石板上。既然睡不著，就乾脆看日出吧。

「月亮正在下沉，臨終的月光和黎明的第一縷蒼白交織在昏暗駭人的天色中。灌木漆黑，大地灰暗，天空陰鬱。我好像看到山上有鬼影出沒，好幾次我掃視山坡，都看到了白色的身影。其中兩次，我似乎看到一隻像猿猴似的白色生物往山上跑，速度極快；還有一次，在那些廢墟附近，我看到幾隻這樣的生物抬著一具黑色的屍體。他們走得急急忙忙，我沒看清他們去哪裡了，好像是消失在灌木叢中了。你們一定理解的，這時天還朦朦朧朧呢。我感受到了清晨才有的涼意和未知——你們也許知道那種感覺。我懷疑起了自己的眼睛。

「東方漸亮，白晝降臨，鮮豔的色彩重歸大地。我仔細察看四周，但完全沒有看到白色的身影。他們只在昏暗時分裡出沒。『他們一定是鬼，』我說：『就是不知道他們來自哪個年代。』我忽然想到格蘭特·艾倫[1]的一個奇談怪論，把我給逗樂了。他說，如果每一代人死後都變成鬼，那這個世界最後就會鬼滿為患。要照這種理論，到西元八十萬年，地球上的鬼將多得難以計數，我剛才看到四個也就不足為奇了。但這個玩笑難以服人，整個早上這些身影都在我腦海裡揮之不去，直到救維娜時才將他們拋在腦後。我隱約覺得他們和我第一次瘋狂尋找時光機器時驚動的那隻白色動物有關聯，但是友善的維娜讓我暫時忘了這件事。當然，他們註定還會回來，更加死命地占據我的腦袋。

「我想我說過這個黃金時代的天氣比我們那個時代熱得多。我解釋不了，也許是因為太陽變熱了，或是地球離太陽更近了。世人通常認為，將來太陽會持續地冷卻下去。但是他們對青年達爾文的那些想像不夠熟悉，忘了行星最終將逐個回歸母體。當這些災難發生的時候，太陽會用新生的能量來燃燒，而某個內行星或許已遭此厄運。不管原因如何，事實就是太陽比我們所知道的要熱得多。

「嗯，一個酷熱的早晨——應該是第四天——在我吃飯、睡覺的那棟大房子附近有一片巨大的廢墟，我在那裡尋找躲避熱浪和強光的地方，這時有怪事發生了，我正費力地攀爬磚石堆呢，一道狹窄的走廊展現在我眼前。走廊盡頭和側窗被塌下來的石塊堵住了，較之外面耀眼的光線，起初裡面黑得伸手不見

---

1 格蘭特・艾倫（Grant Allen，一八四八—一八九九），加拿大科學作家、小說家，在英國受教育，十九世紀下半葉時公開提倡進化論。

五指。我摸索著走了進去，由於從亮處一下子走到暗處，我的眼前金星亂竄。突然，我像著了魔似的停了下來。黑暗中，一雙眼睛在陽光的反射下熠熠生輝，正盯著我看。

「對野獸本能的恐懼向我襲來。我握緊拳頭，死死盯住那雙耀眼的眼球。我不敢移開目光。這時候，我想起來這裡的人類似乎生活在絕對的安全之中。接下來，我又想到他們對黑暗有莫名的恐懼。我盡量克服恐懼，朝前邁了一步，開口說話。我承認我的聲音刺耳且失控。我伸出一隻手，摸到了什麼柔軟的東西。那雙眼睛隨即閃到一邊，接著一個白色的東西從我身邊跑了過去。我轉過身，心提到了胸口，只見一隻怪異的像猿猴似的小動物，腦袋奇怪地垂著，奔跑著穿過我身後的陽光地帶。慌亂中牠笨拙地撞上一塊花崗岩，隨後踉踉蹌蹌地閃到旁邊，轉眼就隱藏到另一堆磚石下的黑影裡。

「當然，我對牠的印象不夠全面。牠是暗白色的，長著一雙怪兮兮的灰紅色大眼睛，腦袋和背上長有淡黃色的毛。然而就如我所說，牠跑得太快，我來不及看清楚。我甚至說不清牠是用四條腿跑，還是只用低垂的前肢跑。我遲疑

了片刻，隨即跟著牠跑進另一片廢墟。一開始我沒找到牠，但過了一會兒，在一片昏暗中，我看到一個像水井一樣的圓洞口——這種水井我跟你們說過——洞口被一根倒下的柱子半擋著。我陡然想到，牠會不會是跑到井裡去了？我劃亮一根火柴，朝井下望去，見一隻白色的小生物在移動，牠一邊往下退著，一邊用明亮的大眼睛緊緊盯著我，讓我不禁打了個冷戰。牠真像個蜘蛛人！牠正沿著井壁往下爬，我這才注意到井裡面有個類似梯子的東西，由若干可以安放手腳的金屬支架組成。這時火柴燒到了我的手指，從我手中掉了下去，落下時熄滅了。當我劃亮第二根火柴時，那個小怪物已經不見了。

「我記不清自己坐在那裡往井下凝望了多久。好半天過後，我才說服了自己，我看到的那東西是人。但我漸漸明白了真相：人類不再是一個物種，而是已經分化成兩種截然不同的動物。地面上那些優雅的小人並非我們唯一的後裔，這些從我面前一閃而過的可憎的白色夜行性動物，同樣也是我們的子孫。

「我想到了搖曳的光柱，以及我的關於地下通風系統的猜想。我開始懷疑它們的真實用途。這隻狐猴在我眼中的這個完美社會裡做什麼？牠和地上那些懶散恬靜的漂亮居民之間有何關聯？井底下到底藏著什麼？我坐在井沿，告訴自己反正沒什麼可怕的，為了解開我的難題，我必須下一趟井。但我絕對不敢下去！正猶豫不決之際，兩個來自地上世界的美麗居民打著情罵著俏，穿過陽光跑進了陰影裡。男的在追逐女的，邊追邊向她扔鮮花。

「見我手臂撐在倒下的柱子上朝井下張望，他們露出了痛苦的神情。跟他們談論這口井顯然被認為是失禮之舉，因為當我指著井口，試著用他們的語言發問時，他們露出了更為痛苦的神情，還把臉別了過去。但我的火柴引起了他們的興趣，於是我劃亮幾根逗他們開心。接著我又問起井的事，然而還是無功而返。我馬上丟下他們，準備回到維娜身邊，看能否從她那裡打聽到什麼。我的觀點有了大的變化，我的猜測和印象有了新的調整。從這些水井的用途，到通風塔和鬼魂之謎，我都有了線索，更不必說青銅門的含義和時光機器的命運了！連一直困惑我的經濟問題都有了點眉目。

「下面是我的新觀點。第二種人顯然是地下居民。這三種情況尤其讓我相信，他們之所以很少在地上露面，是因為久居地下已成為習慣。首先，他們一副蒼白的樣子，一如大多數主要生活在黑暗中的動物，比如肯德基洞穴裡的白魚；其次，有本事反光的大眼睛是夜行性動物的一大特徵，看看貓頭鷹和貓吧；最後，他們在陽光下不知所措，匆忙而笨拙地朝黑暗裡逃竄，以及垂著腦袋的怪模怪樣，都進一步證明了他們的視網膜極其敏感。

「那麼，我的腳下一定地道密布，那裡就是這個新人種的棲息地。除了河谷一帶外，山坡上隨處可見的通風塔和水井表明了地道分布之廣。我很自然地想到，這個人造的地下世界裡挖了那麼多地道，是不是為了保障地上的人類過得舒服安逸？這個看法貌似很有道理，我立即接受了，並且進一步猜想人類是如何分化成兩個物種的。我敢說你們已經預見到了我的猜想。但我很快就意識到它與事實相去甚遠。

「首先，從我們自己時代的問題說起。我覺得昭然若揭的是，資本家和工人之間正在逐步擴大的社會差距是整個問題的關鍵所在。你們一定覺得這很荒唐，也根本無法置信！但目前已經有跡象表明這一點。現在有一種趨勢，就是利用地下空間來發展文明社會中對裝飾性要求不高的行業。比方說倫敦有大都會鐵路，有新型電氣化鐵路、地鐵、地下工廠和地下餐廳，其數量還在成倍增長。在我看來，這一趨勢顯然將持續下去，直到工業在地面上失去與生俱來的權利。我的意思是，地越挖越深，工廠越建越大，人類在裡面度過的時間也越來越長，直到最終——！就說現在，倫敦東區的工人不就生活在這樣的人造環境裡，實際上已經與地面上的自然世界隔絕了嗎？

「此外，富人的排他性傾向——毫無疑問是富人所受的教育日趨完善，以及他們與粗野窮人間的鴻溝日益加深造成的——導致他們為了自己的利益而把大批土地封閉起來。就拿倫敦美麗的鄉村來說，恐怕有一半的土地都被圍起來禁止進入。高等教育耗時又耗錢、富人為了追求優雅的生活不斷購買設施，都使得貧富階層之間的鴻溝日益擴大。這條鴻溝致使兩個階層間的交流越來越少，有助於緩和階層分化的通婚越發鮮見。所以到頭來，地上就成了富人的世界，他們在此追求快樂、安逸和美麗。而地下則屬於窮苦的工人，他們不斷適應著自己的勞動環境。一旦到了地下，他們就得為地洞裡的通風設備支付不菲的租金。如果拒付，他們就會遭受挨餓或悶死的命運。他們中的痛苦者和反叛者只有死路一條。最終會達成一種永久的平衡，倖存者將完全適應地下的生活環境，和地面上的人一樣樂在其中。所以在我看來，優雅的美麗和蒼白的膚色都順理成章。

「我夢想中的人類的偉大勝利是另外一個樣子。這並非我想像中的道德教育和共同合作的勝利。相反，我看到了真正的貴族階級，用完美的科學武裝自己，把今天的工業制度演進成一個更加頑固的階級制度。不單是戰勝了自然，還戰勝了自己的同胞。我必須提醒你們，這是我當時的推想。我在烏托邦的著作裡沒有找到合宜的嚮導。我的說法可能大錯特錯，但我還是認為它是最合理的解釋。然而即使這種說法成立，這個終於實現和諧的文明也早已走過它的頂峰，正在沒落之中。由於環境過於安逸，地上居民已經開始慢慢退化，體型、體力和智力日漸衰退。這一點我已經看得很清楚了。地下居民發生了什麼變化，我還沒有想過。不過從我見到的莫洛克人來看——順便提一下，這是地下居民的名字——我可以想像，莫洛克人的變異要遠大於埃洛伊人。埃洛伊人是美麗的地上居民，我已經瞭解他們了。

「煩人的問題又來了，莫洛克人為何要拿走我的時光機器呢？我敢肯定就是他們拿走的。假若埃洛伊人是主人，那他們為何沒把時光機器歸還給我？他們為何如此懼怕黑暗？我繼續向維娜詢問地下世界的事，但我又一次失望了。一開始她沒聽明白我的問題，之後便拒絕回答。她渾身發抖，彷彿這個話題讓她無法忍受。當我逼迫她講時，態度也許有點粗魯，她突然放聲大哭。這是我在這個黃金時代裡唯一一次看到眼淚，我自己的除外。見她哭了，我立刻不再追問莫洛克人的事，一心只想著為她擦去這人類的遺傳物。當我一臉嚴肅地點燃一根火柴時，她很快就喜笑顏開，拍起手來。」

# 第六章

「你們也許會覺得奇怪，兩天過後，我就能夠以正確的方式追蹤新發現的線索了。我對那些蒼白的軀體有種莫名其妙的畏縮感。他們就像大家在動物博物館裡看到的泡在酒精裡的蠕蟲，顏色像是半漂白過，摸起來冷冰冰得令人噁心。我的畏縮感多半來自埃洛伊人的影響，我開始理解他們為什麼那麼厭惡莫洛克人了。

「第二天夜裡我沒有睡好。可能是我的身心有點失調。困惑和懷疑讓我鬱悶不已。有那麼一兩次，我還心生強烈的恐懼，具體原因我也說不清楚。我記得我躡手躡腳地走進月光下小人睡覺的大廳——那晚維娜也在他們之中——他們的神態讓我安下心來。但我也想到過，幾天後，月亮會過了下弦月，夜晚將變得更為黑暗。到時候，那些來自地下的討厭鬼、變白的狐猴、替代了舊人的害獸，就會出沒得更加頻繁。幾天來我坐立不安，像在逃避一個不可推卸的責任。我十分確定，只有勇敢地揭開這些地下之謎，才能找回我的時光機器。但我不敢面對這個謎。要能有個同伴，情況就不同了。但我是孤零零的一個人，一想到要往那口黑漆漆的井裡爬就心驚肉跳。不知道你們能否理解我的感受，反正我總覺得背後有危險。

「可能就是這種不耐煩感和不安全感驅使我向更遠的地方探險。我朝西南方向現在叫『深谷林』的地區走去，在十九世紀的班斯特德鎮方向，我遠遠望到一座綠色的巨型建築，有別於我此前見過的任何建築物。它比我所知的最大的宮殿和廢墟還要大，其正面帶有東方色彩：表面泛著光澤，呈淡藍綠色，像某種中國瓷器的顏色。這與眾不同的外觀表明它有不同的用途，我有意繼續探索，無奈天色已晚，而且我走了一大圈才來到這裡，已經疲憊不堪。所以我決定把探險延到明天，立刻回到歡迎我、愛撫我的小維娜身邊。然而第二天早上，我發覺我對青瓷宮殿的好奇完全是自欺欺人，不過是藉它再逃避一天，躲開那件令我害怕的事。我決定不再浪費時間，這就下井一探究竟。大清早我就出發了，朝花崗岩和鋁的廢墟旁的一口井走去。

「小維娜跟著我去了，一路雀躍地來到井邊，但當她見我俯身朝井下張望時，她奇怪地驚慌失措起來。『再見，小維娜。』我說著吻了她，隨後把她放下，越過井欄摸索下井用的鉤子。我承認我當時非常倉促，因為我生怕勇氣會溜走！維娜先是驚愕地望著我，接著發出一聲可憐的哀號，衝過來用那雙小手拽我。她的反對反倒激發了我的勇氣。我一把甩開她的手，動作可能有點粗暴。轉眼間，我就進到井內了。我見她一臉痛苦地靠在井欄上，便微微一笑讓她放心。然後我不得不低頭望著手裡緊緊抓著的不夠結實的鉤子。

「我得朝下爬大約兩百碼。下井並不順利，因為井壁上凸出的金屬杆是供比我小得多、輕得多的生物用的。我很快就手腳發麻、筋疲力竭了。不光是筋疲力竭！有一根金屬杆突然被我的重量壓彎了，差點把我摔入漆黑的井底。一時間我只能單手吊在半空中。自那之後我再也不敢停下來歇息。儘管我的雙手和後背疼痛難忍，我仍然手腳並用，以最快的速度向井下爬去。我朝上瞥了一眼，見井口成了一個藍色的小圓盤，裡面有顆星星清晰可見，而小維娜的頭就像一個圓形的黑色凸起物。井下傳來機器的轟鳴聲，越來越響亮，越來越壓抑。除了頭頂上的小圓盤，四周一片漆黑。當我再往上張望的時候，維娜已經不見了。

「我飽受不安的煎熬，一度想過再爬上去，不管這地下世界了。但即便在反覆琢磨這個念頭時，我還是不停地向下爬。最後，我隱約看到右方一英尺外的井壁上有個狹長的洞口，不禁長吁了一口氣。我鑽了進去，發現這是一個橫向地道的洞口，我可以在裡面躺下歇會兒。沒有為時過早。我的兩手酸痛，後背發麻，渾身瑟瑟發抖——之前差點掉下去，讓我一直驚恐到現在。除此之外，持續的黑暗也讓我的眼睛酸痛不已。耳畔盡是機器抽壓空氣的砰砰聲和嗡嗡聲。

「我不知道自己躺了多久。一隻柔軟的手在摸我的臉，把我給驚醒了。黑暗中我一把攫住火柴，急忙擦亮一根。三個白色怪物弓背站在我面前，見到亮光後匆忙後退。他們跟我之前在廢墟裡見到的那個怪物很相似。他們生活在無法穿透的黑暗中，所以眼睛大得出奇，而且對光敏感，猶如深海裡的魚的瞳孔，還能反射光線。我絲毫不懷疑他們在沒有光線的幽暗中能看到我。他們只是怕光，似乎根本不怕我。我剛劃亮一根火柴想看個究竟，他們就拔腿而逃，消失在黑暗的陰溝和地道裡。在那裡，他們以最奇特的方式對我怒目而視。

「我朝他們大喊，但是他們的語言顯然和地上居民的不一樣。我孤立無援，只能靠自己了。我甚至又萌生了逃跑的念頭。但我對自己說『你已經騎虎難下了』。我沿著地道摸索著前進，機器的響聲更大了。頃刻間，牆壁不見了，我進入了一塊大空地。我又擦亮一根火柴，見自己置身於一個拱形的大洞穴中。它延伸進濃重的黑暗裡，我看到的僅是火柴照亮的範圍。

「我的記憶必定模糊不清。像大機器一樣的龐然大物突兀在昏暗中，投下怪誕的黑影，鬼魂般的莫洛克人就在裡頭躲避著光亮。順便提一句，這地方悶熱壓抑，還彌漫著一股淡淡的新鮮血腥味。空地中央有一張白色的金屬小桌，桌上似乎擺著一頓飯菜。不管怎樣，莫洛克人是食肉動物！當時我就納悶，究竟是什麼大型動物存活至今，給莫洛克人提供這一大塊紅肉。一切都非常模糊：濃烈的味道、呆板的龐然大物，還有潛伏在黑影裡、等著火柴一滅就向我

襲來的下流怪物！這時候火柴燃盡了，燙到我的手指，掉落在地，只見一個紅點在黑暗中扭來扭去。

「我想到這次旅行，我的裝備嚴重不足。我坐上時光機器出發時，曾荒謬地臆斷未來人類的所有用品都遠遠領先我們。所以我沒帶武器，沒帶藥品，沒帶任何可以抽的東西——有時候我真想念菸葉啊！我甚至連火柴都沒帶夠。要是想到帶臺柯達照相機該有多好！我馬上就能把對地下世界的一瞥記錄下來，待閒暇時再仔細觀察。然而現在呢，我站在這裡，唯有大自然賦予我的武器和力量——手、腳、牙齒，外加僅剩的四根火柴。

「我不敢摸著黑在大機器中間走。上一根火柴快要熄滅的時候，我才發現自己的火柴已經所剩無幾。直到這時，我才意識到要省著點用。我浪費了差不多半盒火柴，就為了讓地上世界的居民感到驚訝——他們覺得這東西很新鮮。現在就剩最後四根了。我站在黑暗中，感到有隻手碰了我一下，細長的手指在我臉上摸來摸去，還能聞到一股難聞的怪味。一群可怕的小怪物圍在我周圍，我想我聽到了他們的呼吸聲。我感到手裡的火柴盒被人輕輕地抽走了，背後還有手在拽我的衣服。這些看不見的生物在仔細觀察我，讓我有種說不出的難受。漆黑中我突然意識到，我對他們的思維和行事方式一無所知。我卯足了勁對他們大聲吼叫，把他們嚇跑了。接著我感到他們又在向我逼近，膽子越來越大，猛地揪住我，彼此還怪聲怪氣地嘀咕著什麼。我劇烈地顫抖起來，再次對他們大喊大叫，聲音非常刺耳。這次他們沒怎麼受驚，圍上來時還發出詭異的笑聲。我承認我被嚇得魂飛魄散。我決定再劃燃一根火柴，在光亮的保護下逃走。於是我點起一根火柴，還從口袋裡掏出一張紙點著，火光由此多搖曳了一會兒，讓我得以退進狹窄的地道。但剛進地道，火就熄滅了。黑暗中我聽到莫洛克人在後面窮追不捨，像樹葉在風中沙沙作響，又像雨滴敲地般啪嗒啪嗒。

「我瞬間就被幾隻手抓住了，毫無疑問，他們想把我拖回去。我又擦亮一根火柴，在他們被照得眼花撩亂的臉上揮舞著。你們絕對想像不出他們長得有多令人作嘔，有多不像人類——煞白的臉上沒有下巴，灰紅色的大眼睛不長眼瞼！他們吃了一驚，一臉茫然。我向你們保證，我沒有停下來打量他們。我再次後退，待第二根火柴燃盡後，我點著了第三根。就在第三根火柴快要熄滅的時候，我到達了通往水井的洞口。我在洞邊躺了下來，因為井底下大機器的砰砰聲震得我頭暈。接著我伸手去搆井壁上凸出來的鉤子，正搆著呢，我的雙腳被他們從後面緊緊攥住，拚命向後猛拽。我劃燃最後一根火柴——但它立馬熄滅了。然而這時我已抓住了攀登杆。我雙腳猛踹，從莫洛克人手中掙脫出來，迅速向井上爬去。他們停了下來，眨巴著眼睛向上盯著我看，只有一個小混蛋追著我爬了一段，差點把我的一隻靴子搶走當戰利品。

「我似乎怎麼也爬不到盡頭，在最後二三十英尺的地方，一陣要命的噁心感向我襲來，我費了好大力氣才抓牢了沒鬆手。最後幾碼，我死命硬撐著沒讓自己暈過去。好幾次我頭暈目眩，感覺自己要掉下去了。最後我不知怎麼地爬出了井口，搖搖晃晃地走出廢墟，來到刺眼的陽光下。我俯伏在地，連泥土聞起來都芬芳清新。我記得維娜在親吻我的雙手和耳朵，我還聽到了埃洛伊人的說話聲。然後我就失去了知覺。」

# 第七章

「眼下我的處境甚至比先前更糟。到目前為止，除了丟掉時光機器那天晚上我痛苦萬分外，我始終抱有終將逃脫的希望，但是這一希望被這些新發現弄得渺茫起來。我原以為妨礙我的是那些小人孩子氣的單純，以及某種我一旦瞭解就能戰勝的未知力量。但莫洛克人令人作嘔的特質裡還有一種非人的惡毒成分。我本能地憎惡他們。之前，我覺得自己像個掉進坑裡的人，關心的是這個坑和如何爬出來。現在，我覺得自己像頭落入陷阱的野獸，而敵人馬上就要向我襲來。

「你們也許會感到驚訝，我所懼怕的敵人就是新月時的黑暗。維娜跟我講過暗夜的事，一開始我聽得迷迷糊糊。現在，我已不難猜測即將降臨的暗夜意味著什麼。月亮開始形成殘月，黑夜一天比一天長。我多少有點明白地上世界的小人為何如此懼怕黑暗了。我模糊想像著莫洛克人在新月之下會幹出什麼樣的邪惡勾當。

「我現在確信我的第二個假設完全錯了。地上居民也許曾經是受寵的貴族，莫洛克人則是他們的機械僕人，但這早已成為歷史。這兩個從人類進化來的物種正在走向新的關係或已經形成新的關係。埃洛伊人就像卡洛林王朝的國王，已經退化成美麗的擺設。他們還勉強擁有地上世界，那是因為莫洛克人世世代代生活在地下，最終發現陽光照耀的地上讓他們無法忍受。莫洛克人還在給埃洛伊人做衣服，維持他們的習慣需求，據我推斷，這也許是因為莫洛克人身上還遺留著服侍人的舊習慣。就像站著的馬會用蹄子刨地，或者有人喜歡獵殺動物一樣，因為過往的需求已經在他們的身體上打下了烙印。

「不過很顯然，某種程度上，舊秩序已經顛倒，復仇女神涅墨西斯正襲向優雅的小人。很久以前，幾千代人以前，人類把他的同胞從安逸和陽光裡猛推了出去。現在，那些同胞回來了——變了！埃洛伊人新接受了老教訓，他們重新品嘗了恐懼的滋味。

「我突然想起在地下世界看到的那塊肉。真夠弔詭的，腦海裡居然浮現出這個。它不是我苦思冥想出來的，而是像個問題一樣突然闖入。我努力回想著那塊肉的形狀，隱約覺得在哪裡見過，但又說不清它是什麼。

「這些小人在神祕的恐懼面前束手無策，但是我跟他們從根本上就不一樣。我來自我們的時代，來自人類的全盛時期，恐懼不會讓人呆若木雞，神祕不再讓人膽戰心驚。我至少能保護自己。我決定說做就做，著手自製武器，搭建一個可以睡覺的堡壘。一旦有了這個庇護基地，我就有信心面對這個陌生的世界了。在意識到自己夜復一夜地睡在莫洛克人的眼皮底下後，我的信心都沒了。在我的床能遠離他們的侵襲之前，我覺得自己再也睡不著了。一想到他們肯定在黑暗中觀察過我，我就嚇得直顫抖。

「下午，我沿著泰晤士河谷四處溜達，然而未能找到我認可的險固居所。這對身手敏捷、善於攀爬的莫洛克人來說，所有的建築和樹木都容易爬上去，這從他們的水井便能判斷出來。我忽然回想起青瓷宮殿高聳的尖塔和光亮的牆壁。傍晚，我把維娜像小孩一樣扛在肩上，向西南方的山上走去。我估計這段路有七八英里，但我一定走了將近十八英里。第一次看到那地方是在一個潮溼的午後，所以造成了距離短的假象。此外，我一隻鞋的後跟鬆了，一根釘子戳穿了鞋底，搞得我走路一瘸一拐。那是一雙舒適的舊鞋，我平日裡只在室內穿。當那座宮殿映入我的眼簾時，太陽早已落山，淺黃色的天空襯托出宮殿的黑色輪廓。

「我剛把維娜扛在肩上時，她高興得不得了。然而沒走多久，她就硬要我把她放下來。她在我身邊跑著，時而跑向兩旁，摘些鮮花塞進我的衣服口袋。我的口袋讓她困惑不已，最終她得出結論，這些口袋是用來插花的怪異花瓶，至少她是當這個用的。噢，這倒提醒了我！我換外套時發現……」

時光旅行者停頓了一下，手伸進口袋，默不作聲地掏出兩朵枯萎的花，像是碩大的白錦葵，放到小桌上，然後繼續往下講：

「寂靜的夜晚悄悄籠罩大地。我們越過山頂，朝溫布林頓走去。維娜覺得累了，想回灰石大廈。我指向遠處青瓷宮殿的小尖塔，試圖讓她明白，我們是去那裡尋找遠離恐懼的庇護所。你們知曉黃昏來臨前那萬籟俱寂的時刻？連輕拂著樹梢的微風都不見了。對我而言，傍晚的寧靜裡總是彌漫著一絲期待。天空清朗、高遠又空曠，除了天邊還印著幾抹餘暉。好吧，那天晚上，那絲期待染上了幾分我的恐懼之色。在那黑暗的寧靜中，我的感官變得異常敏銳。我甚至覺得腳下是空心的。事實上，我幾乎就能透過地面看到莫洛克人在蟻塚裡走來走去，等待黑夜降臨。一想到他們會把我侵入他們的地洞視作宣戰，我就興奮不已。但他們為什麼要拿走我的時光機器？

「我們繼續在寂靜中行走，暮色漸濃，黑夜降臨了。遠方清澈的藍色逐漸褪去，星星一個接一個地鑽了出來。大地越發昏暗，樹林一片漆黑，維娜越發感到恐懼和疲憊。我把她抱在懷中，跟她講話，溫柔地撫摸她。夜色越來越濃，她摟住我的脖子，閉上雙眼，臉頰緊貼著我的肩膀。就這樣，我們走下一個長坡，進入一個河谷。天色太昏暗了，我差點走進一條小河裡。我蹚水走到河谷對面，經過許多沉睡的房子和一尊沒頭的農牧神雕像，來到兩棵金合歡樹下。到目前為止，我一個莫洛克人也沒看到。不過現在還是上半夜，殘月升起前的更暗時刻尚未來臨。

「從下一個坡頂望去，就見一大片茂密的樹林橫在我們面前，黑壓壓的，兩頭都望不到邊。我猶豫了。我走累了，雙腳尤其酸痛。我停下腳步，小心翼翼地把維娜從肩膀上放下來，然後坐在草坪上。我再也看不到那座青瓷宮殿，懷疑自己是不是走錯了方向。我望向茂密的樹林，思量著那裡面會潛藏著什麼危險。那密集交纏的樹枝底下連星星都看不見。就算沒有暗藏的危險——那種危險我不願多想——也有那麼多絆人的樹根和撞人的樹幹。激動了一天後，我累壞了，所以我決定不去面對它，而是在這個空曠的小山上過夜。

「我高興地看到維娜睡得很香甜。我小心地用外套把她裹起來，坐在她身旁等待月亮升起。山坡上空寂無人，但是黑暗的樹林裡不時傳來生物的騷動。星星在頭頂熠熠發光，這是一個非常晴朗的夜晚。閃爍的星光給了我朋友般的慰藉。不過，所有舊的星座都已經從天空中消失，幾百代人都未能察覺的緩慢移動早已將它們重新排列，組成陌生的星群。但銀河似乎和從前一樣，還是一條星辰構成的破舊彩帶。南邊（據我判斷是南邊）有一顆耀眼的紅星，我從沒見過，甚至比我們的綠色天狼星還要燦爛。在所有這些閃爍的光點之中，有一顆明亮的行星親切而沉穩地閃耀著，就像一位老友的臉。

「望著這些星星，我突然覺得自己的麻煩和塵世生活的所有困難都變得渺小了。我想到它們遙不可測的距離，想到它們緩慢而不可避免地移動著，從未知的過去進入未知的未來，想到地球的極點畫出的大歲差週期。在我穿越過的那麼多年裡，地球才安靜地旋轉了四十圈。在這為數不多的旋轉中，所有的活動，所有的傳統，複雜的組織、國家、語言、文學、靈感、渴望，甚至記憶裡的人類都被一掃而光。取而代之的是忘記祖先的嬌弱小人和令我膽寒的白色怪物。這時，我想起了這兩個物種之間的巨大恐懼，不禁打了一個冷戰。我第一次明白了我看到的那塊紅肉是誰身上的肉，太可怕了！我看著身邊睡夢中的小維娜，星光下她蒼白的臉宛若星星，我立即打消了這個想法。

「那個漫長的夜裡，我盡量不去想莫洛克人。為了打發時間，我試圖從令人困惑的新星群中找出舊星座的痕跡。除了幾朵朦朧的雲彩，夜空依舊澄澈。毫無疑問，我打了幾個盹。守夜的時間慢慢過去，東方的天際露出一抹微光，像無色火焰的倒影。接著下弦月冉冉升起，瘦瘦的，蒼白而憔悴。晨曦緊隨其後溢滿了天空，起初白白的，隨後變成溫暖的粉紅。沒有莫洛克人靠近過我們，事實上那天夜晚我一個莫洛克人都沒見到。新的一天讓人充滿信心，我幾乎覺得自己沒理由感到恐懼。我站起身，發現鞋跟鬆掉的那隻腳的腳踝腫起來了，腳後跟疼痛難忍。於是我又坐了下來，把鞋子脫下扔了。

「我叫醒維娜，我們一起走進那片樹林。此時它已不再黑漆漆的令人望而生畏，而是綠油油的讓人心曠神怡。我們找到一些水果當早餐。沒過多久，我們就遇到一群優雅的小人，他們在陽光下歡笑起舞，彷彿自然界沒有黑夜這回事。我又想起那塊紅肉，現在我敢肯定那是誰的肉了。我打從心底可憐這些小人——人類的洪流到最後就剩下這條孱弱的小溪。很明顯，早在人類走向衰敗之初，莫洛克人的食物就已不足，他們可能以老鼠之類的害獸為食。即使是現在，人類都比他們的祖先猴子雜食多了。人類對人肉的偏見並非根深柢固的天性。因此造就了這些殘酷無情的後代子孫！我試圖以科學精神看待這件事，畢竟他們比我們三四千年前的同類相食的祖先更沒有人性，更冷漠無情。而且吃同類的肉不會遭受內心的折磨，是因為智力已經退化了。我為何還要去自尋煩惱？埃洛伊人不過是肥美的牲口，被螞蟻般的莫洛克人貯存和獵食——可能還被他們飼養。而維娜此刻還在我身邊跳舞呢！

「我不由得被一陣恐懼感包圍，為了擺脫它，我視之為對人類自私的一種嚴懲。人類心滿意足地利用同胞的勞動過著安逸快樂的生活，把需求當成口號和藉口，然而時機成熟的時候，需求就來報應他們了。我甚至想對這些不幸的衰敗貴族報以卡萊爾[1]式的蔑視。但是這種態度不可取。儘管智力退化得厲害，埃洛伊人仍然保留了大量人類的特徵。我沒辦法不同情他們，也沒辦法不分擔他們的落魄和恐懼。

「當時，我對自己該朝哪條路走只有非常模糊的想法。我首先想到的是找一個安全的藏身之所，設法自製金屬或石製武器，這個需求迫在眉睫；其次，我希望獲得取火的工具，以便手持火把當作武器，因為我知道沒什麼比用火來

1 卡萊爾（Thomas Carlyle，一七九五－一八八一），蘇格蘭諷刺作家、社會評論家、歷史學家、哲學家，作品在維多利亞時代甚具影響力。

對付莫洛克人更有效的了；最後我想發明一樣東西，用它來砸開獅身人面像底下的青銅門。我想到了攻城槌。我確信如果我手持火把進入門內，就能找到時光機器，然後逃離此地。我想像不出莫洛克人有力氣把它搬遠。我已經決定把維娜帶回我們的時代。我一邊盤算著這些計畫，一邊朝被我選定為住處的那座建築走去。」

# 第八章

「中午時分，我們找到了青瓷宮殿。殿裡空無一人，已經淪為廢墟。窗戶上只殘留著一些碎玻璃，大片的青色飾面從鏽蝕的金屬框架上脫落下來。宮殿高聳在一塊綠草如茵的丘陵上。進門前我朝東北方向望去，驚訝地看到一個大河口，甚至可說是一個小海灣，我斷定那是旺茲沃思和巴特西的原址。我想到了——儘管我沒有想下去——海裡的生物曾經經歷或正在經歷的變遷。

「一番察看之後，我確定宮殿是由陶瓷建成。宮殿正面刻著一些未知的文字，我愚蠢地以為維娜能幫我翻譯，卻發現她根本沒有文字的概念。我老以為她近乎人類，也許是因為她有近乎人類的感情。

「大門敞開著，已經壞掉了。裡面不是通常的大廳，而是一個被許多側窗照亮的長廊，乍看像是博物館。瓷磚地面蒙著厚厚的灰塵，陳列著的大量形形

色色的物品也都被灰濛濛的塵土蓋著。我注意到長廊中央豎著個瘦骨嶙峋的怪東西，顯然是一具巨型骨架的下半部分。從傾斜的腳骨可以看出，這是某種類似大地懶的滅絕動物。其頭骨和上身骨擺在一旁，上面落滿了灰，由於屋頂漏水，有一處骨骼已被磨薄。長廊遠端還有一具巨大的雷龍骨架。我關於博物館的猜想得到了證實。在長廊一側，我發現了貌似傾斜的架子的東西，拂去厚厚的灰塵，原來是我們那個時代常見的玻璃櫃。櫃子裡的物品保存完好，可見它們是密封的。

「毫無疑問，我們正站在南肯辛頓的遺址上！這裡顯然是古生物展區，原先一定陳列著許多美妙的化石。儘管不可避免的腐蝕過程一度延緩，而且由於細菌和真菌已經滅絕，腐蝕力只剩下原來的百分之一，但是這些珍寶仍然在遭受腐蝕，只不過進程極為緩慢。小人留下的蹤跡隨處可見——那些稀有的化石不是被打成碎片，就是被串起來掛在蘆葦上。有些玻璃櫃還被移動過，我判斷就是莫洛克人做的。這裡非常寂靜，厚厚的塵土壓低了我們的腳步聲。維娜在傾斜的玻璃櫃上滾海膽玩，見我東張西望，便趕緊走過來，默默地抓住我的手，站在我身旁。

「起初，這座智慧時代的古代紀念館讓我十分驚訝，也就根本沒去想它呈現出的種種可能性，甚至連當務之急的時光機器都暫時被我丟到腦後。

「從規模來看，這座青瓷宮殿裡遠不止只有一個古生物展廊，也許還有歷史展廊，甚至還可能有圖書館！對我來說，至少在目前的狀況下，這些比正在腐壞的古代地質陳列品要有趣得多。探尋中我又發現一條短廊，和剛才那條長廊交叉，看樣子是用來陳列礦石的。我看到一塊硫黃，讓我聯想到火藥，不過我沒找到硝石，也沒見到硝酸鹽之類的東西。它們肯定早就潮解掉了。那塊硫黃在我腦海裡揮之不去，讓我浮想聯翩。至於短廊裡的其他陳列品，總體來說，它們是我目前見到的陳列品裡保存得最完好的，但我沒有什麼興趣，我又不是礦物學家。接著我走進一條損壞嚴重的走廊，它跟第一條長廊是平行的。這裡顯然是自然史展廊，不過所有的陳列品都已面目全非。乾癟發黑的動物殘骸、曾經裝有酒精的罎子裡的乾屍、植物的棕色灰燼，就是這裡的一切！我感到有些遺憾，因為我很願意去追溯再適應的過程，人類正是靠它征服了生氣勃勃的大自然。接下來我們來到一條巨大的展廊，裡面光線昏暗，地板從我進來的那端緩緩向下傾斜。天花板上按均距掛著白色球體，許多已經碎了，表明這裡原先採用人工照明。在這裡我適得其所，因為兩邊都聳立著大型機器，這些機器大都腐損得厲害，不過仍有一些保存完整。你們知道我對機械有癖好的，我想在這裡多逗留一會兒。這些機器帶著謎一般的色彩，而我只能隱約猜出些許它們是做什麼用的。我覺得如果我能解開這些謎底，那我就擁有了對付莫洛克人的力量。

「維娜突然靠到我身邊，把我嚇了一大跳。如果不是她，我想我根本注意不到展廊的地面是傾斜的。進門那端高出地面許多，光線從狹長的窗戶照進來。你往前走的時候，窗外的地面逐漸抬高，最後每扇窗戶前都出現一塊窪地，像倫敦房子前的採光井，只有一道狹窄的光線從頂端照進來。我一邊慢慢走著，一邊研究著這些機器。由於過於專注，我都沒發覺光線越來越暗，直到維娜越來越恐懼，我才意識過來。這時我發現展廊盡頭是濃重的黑暗，我猶豫了，四下觀望，見這裡塵土沒那麼多，表面也沒那麼平整。繼續朝黑暗裡走，就見塵土被許多窄小的腳印破壞了。我猛然意識到莫洛克人隨時都會出現。我感到鑽研這些機器是在浪費時間，現在下午都快溜走了，我仍然沒有武器、沒有藏身之處，也沒有生火的工具。就在此時，漆黑的展廊深處傳來怪異的啪嗒啪嗒聲，跟我先前在井下聽到的雜訊一模一樣。

「我牽住維娜的手，陡然有了主意。我放開她，轉向一臺機器。機器上有根伸在外頭的操縱杆，像信號塔上的那種。我爬上機器，抓住操縱杆，用盡全身力氣往邊上扳。被我丟在展廊中央的維娜突然啜泣起來。我的力道使得很巧，操縱杆很快就『啪』的一聲被我扳斷了。我手握『狼牙棒』回到維娜身旁，心想無論遇上哪個莫洛克人，這根武器都足以讓他腦袋開花。我恨不得手刃一兩個莫洛克人。你們也許覺得我很殘忍，竟然想殺死自己的後代！但不知為何，你對這些傢伙根本仁慈不起來。我沒有直接衝到展廊盡頭殺光這幫沒人性的傢伙，只是因為我不願意離開維娜，並且認為如果圖一時之快殺了他們，時光機器便會遭殃。

「嗯，我一手握著狼牙棒，一手牽著維娜，走出那條展廊，來到另一個更大的展廊裡。乍看像是軍用小教堂，懸掛著破破爛爛的軍旗。兩側掛著燒焦的棕色破布，我一眼認出是腐掉的書籍殘頁。這些書頁早就掉落了，上面的字也掉得一乾二淨。但是隨處可見的變形的紙板和破裂的金屬扣已經說明了一切。如果我是個文人，我也許會來場道德說教，指出所有的野心都是徒勞的。但最觸動我的是，這茫茫一地的暗淡的爛紙證明了勞動的巨大浪費。我承認當時我腦子裡想的是《自然科學會報》[1]和我自己的十七篇物理光學論文。

「我們走上寬闊的樓梯，來到可能曾經是工業化學展廊的地方。我很希望在這裡發現有用的東西。除了一端的屋頂塌了外，這個展廊保存得很好。我急切地撲向所有沒有損壞的櫃子，最終在一個封得死死的櫃子裡找到一盒火柴。我迫不及待地試了一下，完好，甚至都沒受潮。我轉向維娜。『跳舞！』我用她的語言朝她大喊道，因為我擁有了一樣可以對付那些可怕生物的武器。於是，在這荒廢破舊的博物館裡，在這又厚又軟的地毯般的塵土上，我與高采烈地用口哨吹奏起《天國》，同時一本正經地表演了一段混合舞：有端莊的康康舞，還有踢踏舞、裙舞（只要我的燕尾服允許），另外還有我的獨創舞步。

你們知道我天生有創造力。

「現在我依然認為，這盒火柴能逃過無數歲月的侵蝕簡直不可思議，而這對我來說也是萬幸之事。說來也怪，我還發現了一種更不可想像的物質——樟腦。是我偶然間在一個密封的玻璃罐裡發現的。一開始我以為是石蠟，便把罐子砸碎了。但是樟腦的味道一定錯不了。一切都在腐爛，然而這種揮發性物質竟然從成千上萬個世紀前一直留存至今。它讓我想起我見過的一幅烏賊墨畫，是用烏賊化石的墨汁畫的，那烏賊一定是幾百萬年前就已死亡並變成化石的。我正準備把樟腦扔掉，但又想起它是易燃物，燒起來火光明亮，等於是很好的蠟燭，便將其收進口袋。不過，我沒有找到炸藥，也沒有找到能夠砸開青銅門的工具。我偶得的鐵撬棍是我目前獲得的最有用的東西。總之我歡欣鼓舞地離

1 《自然科學會報》（*The Philosophical Transactions*），全稱 The Philosophical Transactions of the Royal Society，是一本由英國皇家學會出版的科學期刊。它始創於一六六五年，是世界上最早專注於科學的期刊，也是世界上存在時間最久的科學期刊。期刊標題中的詞語「哲學」（philosophical）源於「自然哲學」（natural philosophy），也就是現在所說的科學（science）。

開了那間展廊。

「我無法把那個漫長下午的所有事情都講給你們聽。按次序把我的探險經歷回憶出來需要很好的記性。我記得有條長廊裡擺放著生鏽的兵器架，我左右為難，不知該留著鐵撬棍，還是換一柄短斧或一把劍。我沒法把兩者都帶走，再說我的鐵撬棍是有望破門的最佳利器。那裡還有許多槍支，有手槍也有步槍，大多數已經鏽跡斑斑，不過也有不少是某種新金屬做的，依然完好無損。但原本可能陳列著的子彈和火藥都已腐化為塵土。我看到有個角落燒得焦黑，破損得很嚴重，也許就是彈藥爆炸造成的。另一處地方陳列著大量神像——玻里尼西亞人、墨西哥人、希臘人、腓尼基人，我看地球上每個國家的人都有。我抑制不住內心的衝動，把自己的名字寫在一個我一眼看中的南美滑石怪物的鼻子上。

「夜晚將盡，我漸漸沒了興致。我穿過一個又一個展廊，所到之處滿是塵土，一片寂靜，盡顯破敗之相。有些陳列品已經成了一堆鐵鏽和褐煤，有些還算乾淨。走到一個地方，我突然發現身旁是一個錫礦山模型。接著，我無意中看到一個密封的櫃子裡有兩個炸藥筒！『我發現了！』我大喊道，然後開心地砸碎櫃子。接著我起了疑心，躊躇起來。我到旁邊一條小走廊試爆。

「五分鐘過去了，十分鐘過去了，十五分鐘過去了，炸藥完全沒反應。

「我從未如此失望，這東西肯定是仿製品，看外表就猜得出來。倘若不是仿製品，我絕對立刻衝出去，把獅身人面像、青銅門，以及找到時光機器的可能性統統炸得蕩然無存。

「隨後，我們來到宮殿內的一個小庭院。院裡有草地，還有三棵果樹。我們坐下來休息，恢復一下體力。日落時分，我開始思考我們的處境。夜色悄然降臨，我還沒有找到別人進不來的藏身之所。但這件事已經不再困擾我了，因為我也許擁有了對付莫洛克人的最佳武器——火柴！如果需要火焰，我口袋裡還有樟腦。目前的最佳方案是在露天過夜，用火來防身，待天亮再去奪回時光機器。雖然我只有一根鐵撬棍，但隨著我瞭解的情況越來越多，我對青銅門的感受已大不一樣。之前我一直克制著沒有去強行砸門，主要是因為門後面還是一個謎。我從沒覺得那門有多堅固，希望我的鐵撬棍能派上用場。」

# 第九章

「我們走出宮殿的時候，還有半個太陽在地平線上。我決定趕在黃昏前穿過之前讓我卻步的那片樹林，於第二天一大早抵達白色獅身人面像那裡。我計畫當晚盡量多趕路，然後生堆火，在火光的保護下睡個好覺。所以一路上我看到樹枝乾草就拾起來，不一會兒，我的懷裡就滿滿當當了。由於我抱了一滿懷的柴火，我們的速度比我預想的要慢，加上維娜走累了，我自己又很睏。等我們到達樹林前面的時候，天已經完全黑了。走在灌木繁茂的山崗上時，維娜被黑暗嚇得不敢向前走了。然而我有種奇怪的預感，覺得災難正在逼近，這種感覺像是警告，促使我繼續前行。我已經兩天一夜沒合眼了，心裡焦躁不安。我感覺睡意正在襲來，莫洛克人也隨之而至。

「我們正猶豫時，我隱約看到身後烏黑的灌木叢裡蹲伏著三個黑影。我們周圍全是矮樹叢和深草，他們隱藏其間伺機而動，讓我感到很不安全。我猜想這片林子不足一英里寬。在我看來，如果我們能穿過它，走到光禿禿的山腰上，就有了安全些的休息之處了。我有火柴和樟腦，可以照亮我們一路穿過樹林。可是很明顯，如果我揮舞著火柴，就必須丟棄手裡的柴火。我只好極不情願地把柴火放下。這時我突然想到，點燃柴火可以嚇唬身後那幾個傢伙。後來我發現這個做法愚蠢至極，但我當時還以為這是掩護我們撤退的一條妙計。

「不知你們想過沒有，在人跡罕至和氣候溫和的地方，火焰是何等罕見的東西。太陽的熱度不足以引發起火，透過露珠聚光也不行，當然在熱帶地區是可能發生的。閃電會把樹木摧毀燒焦，卻很少引起燎原大火。腐爛的植物有時會因發酵生熱而自燃，卻也很少燃起熊熊大火。在這個退化的時代，生火的藝術早就被人類忘卻了。在維娜眼中，那舔舐著柴堆的紅色火舌完全是新奇的。

「她想跑過去玩火，如果不是我及時制止，她會一頭衝到火堆裡。我抓住她，不顧她的掙扎，急急忙忙地朝著樹林深處走去。火光為我們照亮了一小段路。我回頭望去，透過茂密的枝幹，見火苗已經從柴火堆蔓延到附近的灌木叢，一條蜿蜒的火蛇正朝山上的野草爬去。我笑了，接著繼續向黑暗中前進。前面烏天黑地的，維娜不能控制地緊抱著我。不過，隨著我的眼睛漸漸適應了黑暗，依然有足夠的光亮助我避開枝幹。頭頂上一片漆黑，只有些許光線從遙遠夜空的縫隙透出來照著我們。我一根火柴也沒有劃，因為騰不出手——我左手抱著維娜，右手提著鐵棍。

「一路上我沒聽到異響，耳邊只有自己腳踩嫩枝的劈啪聲、頭上微風的颯颯聲、我自己的呼吸聲，以及血管的跳動聲。接下來，我好像聽到了『啪嗒啪嗒』的聲響，我堅定地繼續前進，急促的輕拍聲越發清晰，然後我就聽到了我在地下世界裡聽到的那種古怪的聲響。很明顯，幾個莫洛克人正在向我靠攏過來。果然，不一會兒，我的外套就被猛地拽了一下，還有人在碰我的手臂。維娜劇烈地顫抖著，變得十分安靜。

「該劃火柴了。但我得先把維娜放下來。我放下她，在口袋裡摸索著找火柴。與此同時，一場黑暗中的搏鬥在我膝下展開，維娜一聲不吭，莫洛克人則依然發出那種奇怪的咕咕聲。他們柔軟的小手也爬上我的外套和後背，甚至摸起了我的脖子。這時火柴劃亮了，嘶嘶作響。我舉起燃燒的火柴，看見了莫洛克人在林中逃竄的白色背影。我急忙從袋裡掏出一塊樟腦，準備在火光變小前點燃。然後我瞥了維娜一眼，見她趴在地上一動不動，雙手緊緊抓住我的腳。我猛然一驚，俯下身來看她，她似乎已經沒了呼吸。我點燃樟腦扔到地上，火忽地旺了起來，趕跑了莫洛克人和那些黑影。我跪下來抱起維娜。後面的林子裡好像充斥著憤怒和低語！

「維娜似乎暈了過去。我小心地把她扛在肩上，站起身繼續向前走。這時我意識到一件可怕的事情。在我擺弄火柴和維娜的時候，我轉了幾次身，現在完全不知道該往哪個方向走了。搞不好我正在回青瓷宮殿的路上。我直冒冷汗。我得趕緊想出該怎麼辦。我決定就地生一堆火。我把仍舊一動不動的維娜放到一塊長草的紅玄武土上。第一塊樟腦快要熄滅時，我萬分火急地開始撿拾枝條落葉。四周的黑暗中，莫洛克人的眼睛像紅寶石一樣閃閃發亮。

「樟腦的火光搖曳著，漸漸熄滅了。我劃亮一根火柴，兩個正在靠近維娜的白色身影慌忙撒腿而逃。其中一個被火光刺得兩眼發花，直向著我跑過來。

我一拳打過去，感到他的骨頭嘎嘎作響。他哀叫一聲，踉蹌了幾步，倒了下去。我又點燃一塊樟腦，繼續收拾柴火。這時我注意到頭頂上有些樹葉非常乾燥——我坐時光機器來到這裡已有一個星期，還沒下過雨。於是我不再四處搜尋落下的細枝，而是跳起來去拽樹枝。沒過多久，我就用嫩木頭和乾柴枝生起一堆嗆人的火，這樣可以節省我的樟腦了。接著我轉頭望向躺在鐵撬棍邊的維娜。我用盡一切辦法想讓她甦醒過來，但她仍像死人一樣躺著，我甚至不確定她是否還在呼吸。

「火堆冒出的煙向我襲來，一下子熏得我昏昏沉沉的。而且空氣中還彌漫著樟腦味。這個火堆一兩個鐘頭內不需要添柴火。忙了半天，我感到疲憊不堪，便坐了下來。樹林裡還是充斥著那種我聽不懂的低語聲，讓人昏昏欲睡。我好像打了個盹，睜開眼睛後，四圍漆黑一團，莫洛克人的魔爪已經伸到我身上。我猛地甩開他們死抓住我不放的手指，匆忙在口袋裡摸火柴盒，然而火柴盒沒了！他們再次把我牢牢攥住。我馬上意識到發生了什麼事。我睡著了，火熄掉了，死亡的痛苦湧進我的靈魂。林子裡全是木材燒焦的氣味。他們勒我的脖子，揪我的頭髮，拽我的手臂，把我掀倒在地。烏漆墨黑中這些軟不溜秋的怪物全壓在我身上，恐怖的程度根本難以想像。我像是被困在一個巨大的蜘蛛網裡。我被他們制服了，倒在了地上。我感到有小牙齒在輕咬我的脖子。我打了個滾，手碰到了鐵撬棍。它給了我力量，我掙扎著起身，抖掉身上的『人鼠』，抄起鐵撬棍，向我判斷是他們臉的地方刺去。我能感覺到他們被我刺得血肉橫飛，我暫且擺脫了他們。

「一場鏖戰結束之後，一種奇怪的得意感往往會伴隨而來。我體會到了這種感覺。我知道我和維娜迷路了，但我決心讓莫洛克人為他們吃的肉付出代價。我背抵著一棵樹，揮舞著手中的鐵棒。整個林子裡都充斥著他們的騷動和叫喊。片刻之後，他們的叫喊越發尖銳，動作也越發快速，但沒有一個進入我的揮擊範圍。我站在那裡，向黑暗怒目而視。我陡然感覺到了希望。是莫洛克人害怕了嗎？緊接著發生了怪事。黑暗中似乎出現了光亮，我依稀看到了身旁的莫洛克人——三個被我一頓猛刺的傢伙倒在我腳邊。隨後，我無比驚訝地發現其他的莫洛克人在倉皇逃竄，像一條川流不息的小溪般從我身後湧向樹林深

處。他們的背影不再是白色，而是變成了微紅。正當我目瞪口呆之際，就見一顆小火星飄過樹枝縫隙裡透下的星光，又突然不見了。我這才明白了為什麼會有木材燒焦的味道、為什麼昏昏欲睡的低語會變成吼叫、為什麼會有紅色的火星，以及莫洛克人為什麼會落荒而逃。

「我從那棵樹後走出來，回頭望去，透過近處幾棵黑漆漆的樹幹，看到整個樹林都在燃燒。是我最早生的那堆火追著我燒來了。我藉著火光尋找維娜，可是她不見了。身後傳來嘶嘶聲、劈啪聲以及嫩樹一下子燒起來的爆裂聲，我無暇多想。我緊握鐵撬棍，沿著莫洛克人的方向跑去。這是一場激烈的賽跑。火焰一度從右側飛速抄到我前面，我只得趕緊轉向左邊。最後，我跑到了一小塊空地上。與此同時，一個莫洛克人踉踉蹌蹌地向我跑來，從我身旁一頭栽進火裡！

「眼前，是我在未來時代裡所見到的最怪異可怕的一幕。整塊空地被火光照得如同白晝。空地中央是個小丘或墳塚，頂上立著一棵燒焦了的山楂樹。空地遠端也是一片著火的樹林，黃色的火舌向外猛竄，像一道火柵欄般將空地圍得嚴嚴實實。山崗上有三四十個莫洛克人，被火光和熱浪弄得頭暈眼花，在困惑中彼此瞎撞。起初我沒意識到他們看不見，只要他們一靠近我，我就驚恐地用鐵棒朝他們連續猛掄。打死了一個，打殘了好幾個。但當我看到有個莫洛克人在紅色天空映襯著的山楂樹下吃力摸索，而且還聽到他們的呻吟聲時，我才斷定他們在火光照射下已經陷入無助和痛苦的境地，於是不再去擊打他們。

「然而，時不時還有莫洛克人朝我衝來，令我不寒而慄，只得急忙躲避。火勢一度變小，我擔心這些噁心的怪物馬上就能看見我，便想著先下手為強，在他們恢復目力之前先幹掉幾個。但是火勢又旺盛了起來，我只好作罷。我在山坡上走來走去，躲避著他們，尋找著維娜的蹤跡，然而她還是不見蹤影。

「最後我在小丘頂上坐下來，看著這群被耀眼的火光照瞎了的怪物來來回回地摸索前行，對彼此發出神祕的聲音。濃煙盤繞著湧上天空，穿過千瘡百孔的閃爍著小星星的紅色蒼穹，遙遠得像來自另一個宇宙。有兩三個莫洛克人跌跌撞撞地跟我撲了個滿懷，我揮起拳頭把他們打跑，打的時候自己也在顫抖。

「那天夜裡的大部分時間，我都認為這是一場噩夢。我啃咬自己，尖聲大叫，想把自己弄醒。我雙手捶地，走來走去，站起來又坐下。我揉搓雙眼，祈求上帝讓我醒過來。我三次目擊莫洛克人痛苦地低下頭衝進火海。最終，在漸漸熄去的紅色火焰的上空，在滾滾的濃煙和黑白相間的樹樁上方，在越來越少的朦朧的莫洛克人頭頂上，泛起了黎明的白光。

「我再次搜尋維娜，然而依舊一無所獲。顯然他們把她可憐的小屍體留在樹林裡了。想到它已經逃脫了命中註定的厄運，我感到一種說不出的寬慰。想到這裡，我恨不得對這些沒用的東西大開殺戒，但我還是克制住了。前面提到的小丘就像這片林海裡的一座小島。我站在小丘頂上，透過煙霧，辨認出了青瓷宮殿的方位，從而判定出白色獅身人面像的方向。天色漸亮起來的時候，我在腳上綁了些草，丟下那些還在瞎跑哀嚎的該死怪物，一瘸一拐地穿過冒煙的灰燼和裡面還跳動著火苗的黑色樹幹，向時光機器的藏匿地走去。我走得很慢，因為我就快沒力氣了，而且腳也跛了。小維娜的慘死讓我無比愧疚，這是一個巨大的災難。現在，在這間熟悉的老屋子裡，它更像是一個悲傷的夢，而非真的失去了她。但那天早上，我再次感到無比的孤獨——可怕的孤獨。我開始想念這棟房子、這個壁爐，開始想念你們，然而隨之而來的是一種痛苦的渴望。

「不過，當我在早晨明朗的天空下走出冒煙的灰燼時，我發現褲子的口袋裡還有幾根零散的火柴。這幾根火柴一定是在火柴盒弄丟之前就已經漏出來了。」

# 第十章

「早晨八九點鐘時，我來到那張用黃色金屬做的椅子旁，在我剛到的那天晚上，曾坐著它觀賞這個世界。我回想起那晚自己倉促得出的結論，不禁對我的自信報以苦笑。這裡一切還是上次的模樣：景色美麗，枝葉蔥蘢，宮殿輝煌，廢墟宏偉，銀色的長河在肥沃的兩岸間流淌。美麗的人穿著鮮豔的長袍在樹林裡走來走去，還有的就在我救起維娜的地方沐浴，讓我頓時感到一陣陣錐心的痛。通往地下世界的深井上聳著圓頂，看起來很煞風景。現在我明白了地上居民的所有美麗遮蔽了什麼。白天的時候，他們就跟田間的牲口一樣快活。他們一如牲口，不知道有敵人，也不作任何防備。

「他們的結局也是一樣。

「一想到人類的智慧之夢如此短暫，我就悲從中來。它自殺了。人類毫不動搖地追求舒適和安逸，致力於實現一個既安全又永久的和諧社會，最終如願以償。生命和財產一度達到了絕對安全的地步，富人的財富和舒適有了保障，勞動者的生活和工作也有了保證。毫無疑問，那個完美的世界裡沒有失業問題，也沒有尚未解決的社會問題，世界隨之變得無比寧靜。

「但我們忽略了一條自然法則，那就是多樣性的智慧是為了應付變化、危險和麻煩。一個與環境高度協調的動物就是完美的機制。只有當習慣和本能失效時，動物才會發展出智慧。沒有變化和不需變化的地方是沒有智慧的，只有那些需要直面多種需求和多種危險的動物才具有智慧。

「因此，如我所見，地上居民漸漸變得孱弱柔美，地下世界則趨向純粹的機械工業。但即便是對完美的機械來說，這種完美的狀態也缺乏一樣東西——絕對的永恆。顯而易見，隨著時間的推移，不管出於何因，總之，地下居民的吃飯又成了問題。避開幾千年之久的需求之母又回來了，先是來到地下。地下生物長期與機器打交道，但無論機器多麼完美，他們都需要在習慣之外擁有一點思考能力，也許他們在人性上不及地上居民，但他們更具主動性。當他們沒別的肉可吃時，便拾起一個被禁止多年的舊習。所以，我在八〇二七〇一年的世界裡看到了這一幕。我的解釋也許有誤，像凡人的腦袋瓜編造出來的。但它們就是這樣呈現在我面前的，我如實地講給你們聽了。

「經歷了幾天的勞累、激動和恐懼，儘管我很悲傷，但是這張椅子、這寧靜的風景和溫暖的陽光著實令人愜意。我又累又睏，才思索了一會兒就打起瞌睡來。我意識到自己睏了，就索性展開四肢躺在草地上，睡了個大好覺。

「太陽快下山時，我醒了過來。現在安全了，不用怕打盹時被莫洛克人捉住了。我伸伸懶腰，下山朝白色獅身人面像走去。我一手提著鐵撬棍，一手撥弄著口袋裡的火柴。

「這時，一件最意想不到的事情發生了。我走近獅身人面像的底座時，發現青銅門大開著，門滑進了槽裡。

「見此情景，我連忙停住腳步，猶豫著要不要進去。

「裡面是一個小房間，時光機器放在一個角落裡凸起的地方。小操縱杆就在我口袋裡。為了攻打白色獅身人面像，我做了精心的準備，但它現在卻乖乖地投降了。我扔掉手中的鐵撬棍，為它沒派上用場感到惋惜。

「我彎下腰準備進門時，一個念頭陡然冒了出來，覺得至少這回我掌握了莫洛克人的心理活動。我壓抑著想笑的強烈衝動，跨過青銅門框，走到時光機器前面。我驚訝地發現它被小心地上過油，並且已經擦拭乾淨。自此我開始懷疑，莫洛克人為了弄明白這臺機器的用途，已經用他們的笨辦法拆卸過其中一部分。

「我站在那裡仔細地端詳它，連摸一下都覺得好滿足。但我意料之中的事情還是發生了。青銅嵌板突然升了上去，『哐當』一聲撞到上面的門框。我被困在了黑暗之中——莫洛克人是這麼想的。我開心地暗自竊笑。

「我已經能聽到他們朝我走來時發出的輕笑。我從容淡定地準備劃亮一根火柴。我只需裝上操縱杆，像個幽靈一樣離去。但我忽略了一件小事，我的火柴太可惡了，是只能在火柴盒上劃燃的那種。

「你們可以想像我的從容淡定是怎麼一下子化為烏有的。那些小畜生向我圍攏，其中一個碰到了我。黑暗中，我揮動操縱杆向他們掃擊過去，然後急急

忙忙地爬上時光機器的鞍座。這時一隻手摸到我身上，緊接著又是另一隻手。我拉扯著他們不斷伸向操縱杆的手指，同時摸索著操縱杆的接口。差點被他們搶掉一根。當它從我手裡滑脫時，我只能在一團漆黑中用頭猛撞他們以奪回它——我能聽到莫洛克人頭骨的鳴響。我想，這最後一次的爭奪戰比林子裡那一仗還要驚險。

「最後我裝好了操縱杆。我一拉之後，緊緊抓住我的手紛紛滑落。黑暗旋即從我眼前消失，我發現自己又回到了我描述過的那種灰光和混沌之中。」

# 第十一章

「我跟你們說過時間旅行中伴隨的噁心和慌亂。這次我的坐姿不對，身子倒向一側，很不穩當。很長一段時間裡，我一直緊抓搖擺顛簸著的時光機器不放，完全沒留意自己是如何行進的。當我終於鼓起勇氣看向儀表板時，我不禁為自己已經抵達的時空位置感到驚愕不已。一個儀表板顯示日數，一個顯示千日數，一個顯示百萬日數，還有一個顯示十億日數。我沒有倒轉操縱杆，而是拉動它們向前行進。當我看向那些指針的時候，就見千日數的指針轉得像手錶的秒針一樣快，正在馳往未來。

「行駛途中，周遭的景物悄悄發生了奇異的變化。悸動的灰色越來越暗，雖然我仍在高速行駛，但晝夜之間眨眼般的更替又出現了，而且越來越明顯，這通常表明速度在趨緩。起初我大惑不解。晝夜交替越來越慢，太陽劃過天際的速度也在放緩，彷彿要延續幾個世紀。終於，平穩的暮色開始籠罩大地，偶爾有彗星閃耀著劃過黑暗的天空時，它才會被撕破。標誌著太陽的光帶已經消失，因為它不再落山，僅在西邊升降，而且變得越大越紅。月亮消失得無影無蹤，星星的盤旋也越發緩慢，變成了蠕動的光點。最終，在我停下前不久，又紅又大的太陽一動不動地停在地平線上，像一個散著熱氣的巨大穹頂，時不時地還會隱去片刻。它一度再次明亮起來，但又迅速回到陰沉的赤熱之中。太陽升降的頻率減慢，讓我察覺到潮汐阻力已經發揮作用。地球已經停止旋轉，有一面對著太陽，正如我們自己的時代裡月亮對著地球那樣。我小心翼翼地倒轉行駛方向，因為上次那個『倒栽蔥』仍記憶猶新。旋轉的指針越來越慢，直到千日指針似乎停轉，單日指針也不再像一片薄霧。機器仍在減速，荒涼海灘的模糊輪廓越發清晰。

「我緩緩著陸，坐在時光機器上環顧四周。天空不再是藍色的，東北方一片墨黑，蒼白的星星在黑暗中穩定地閃耀著。頭頂上是深沉的印度紅，沒有一顆星星。東南方越來越亮，變成奪目的猩紅色，太陽巨大的身軀躺在那兒的地平線上，紅彤彤的一動不動。我周圍的岩石呈刺眼的紅色。剛開始的時候，我唯一能看到的生命跡象是翠綠的植物，它們覆蓋了東南方每一個突出的岬角。就像樹林中的苔蘚或洞穴裡的地衣一樣濃綠，都是些終年生長在陰暗處的植物。

「時光機器停在一個傾斜的海灘上。大海向西南方向延伸，融入蒼白天際下清晰明亮的地平線。一絲微風都沒有，也沒有拍岸的波濤和碎浪，只有油狀的海水像輕柔的呼吸一樣起伏，表明永恆的大海還活著，仍在流動。海水間或衝破邊隅，留下一層厚厚的鹽垢，在慘白的天空下泛著粉紅色。我的腦子裡有種壓迫感，我注意到自己的呼吸變得非常急促。這感覺讓我回想起我僅有的一次登山經歷，由此我判斷這裡的空氣比我們現在的要稀薄。

「遠處荒蕪的斜坡上傳來一聲刺耳的尖叫，只見一隻像是白色巨蝶的東西斜著身子扇著翅膀飛上天空，盤旋著消失在遠方的小山丘。牠的叫聲淒涼極了，聽得我直發抖，不由得坐得更牢了。我再度環顧四周，看到不遠處有個東西正向我緩緩逼近，我原以為那是一塊紅岩石。接著我看清了牠的真面目，是一隻巨蟹狀的生物。你們能想像一隻跟桌子一般大的螃蟹，長著好多條腿，緩慢地蹣跚著，搖擺著大螯，長長的觸鬚像馬車夫的鞭子般搖晃摸索，一雙柄眼從金屬似的正面兩側對著我閃爍？牠的背上呈波紋狀，綴有醜陋的疣突，布滿綠色的瘢痂。牠爬行時，從牠結構複雜的嘴裡伸出許多觸鬚，抖動著，探索著。

「我凝視著這隻凶險的鬼怪朝我爬來，忽然感到臉頰有點癢，像有隻蒼蠅飛落在上面。我用手將牠拂去，但牠馬上又回來了，而且緊跟著耳邊也飛來一隻。我揮手打去，抓到一個像線一樣的東西。牠立刻從我手裡抽了出去。我驚恐不安地轉過身來，發現剛才抓住的是身後另一隻巨蟹的觸鬚。牠邪惡的眼睛在眼柄裡扭動，嘴巴流著涶沫，醜陋的大螯上沾著泥藻，正朝我落下來。我立即抓住操縱杆，將自己開到距這些怪物一個月的地方。但我仍在這個海灘上——我剛停下就清楚地看到了牠們。天色陰沉，好像有幾十隻巨蟹在翠綠的植被中爬來爬去。

「世界籠罩在可惡的荒涼之中，那種感覺我難以言表。東方的紅色天空、北方的暗無天日、多鹽的死海、爬滿行動遲緩的骯髒怪物的石灘、清一色看起

來有毒的綠色地衣，還有傷肺的稀薄空氣，共同營造了眼前的駭人氛圍。

「我向前開了一百年，還是那個紅太陽——只是大了點，暗了點——還是那片死海，還是那種寒冷的空氣，還是那群陸地甲殼綱動物在綠草和紅石之間爬來爬去。而在西邊的天空中，我看到一道蒼白的弧線，像一輪巨大的新月。

「我繼續前行。我被地球的命運之謎所吸引，每隔上千年便會停下機器，莫名入迷地看著西邊的太陽越來越大，越來越暗，看著古老地球的生命漸漸流逝。最終，在三千多萬年後，巨大熾熱的太陽火球幾乎遮住了十分之一的幽暗蒼穹。我又一次停了下來，因為爬行的蟹群已不復存在，紅色的海灘上除了青苔和地衣，再沒有一絲生命的跡象。這時的海灘呈斑駁的白色。一股寒意向我襲來。罕見的白色雪花時而旋轉飄落。東北方黑色的天空下，白雪在星光的映襯下發出刺眼的光，白裡透粉的山峰綿延起伏。海岸邊結了冰，遠處海面上漂著大量冰塊，但鹹海的大部分水域尚未凍結，在永恆的夕陽下一片猩紅。

「我四下張望，尋找動物留下的生命的痕跡。一種難以名狀的恐懼迫使我留在鞍座上。但無論是在地上、空中，還是海裡，我都沒看到會動的東西，只有岩石上的綠泥證明生命尚未滅絕。一個淺淺的沙洲露出海面，海水從海灘退離。我好像看到一個黑色的東西在沙洲上撲動，然而當我定睛望去時，它又沒了動靜。我的眼睛應該是被騙了，那個黑色物體不過是一塊岩石。天上的星星異常明亮，看起來不怎麼閃爍。

「突然，我注意到太陽西側的圓形輪廓發生了變化，弧線上出現一個凹面、一道小灣，而且越來越大。白晝漸漸被黑暗吞沒，我驚駭地望了短短一會兒，意識到日食開始了。月亮或是水星正在穿過日輪。起初我想當然地認為那是月亮，但種種跡象向我表明，這是一顆內行星，正從距離地球很近的地方經過。

「天色迅速變黑。陣陣涼爽的冷風從東方吹來，紛紛揚揚的雪花越來越密。海邊傳來潺潺的水聲和颯颯的風聲。除了這些死氣沉沉的聲響，世界一片寂靜。寂靜？這種寂靜難以言述。人類的所有聲音，羊咩、鳥啼、蟲鳴，組成我們生活背景的騷動聲，都已不復存在。黑暗越發濃重，雪花越發密集，在我眼前飛舞旋繞，空氣越發寒冷。終於，遠方的白色山峰一個接一個飛快地消失在黑暗中。微風變成了呼嘯的寒風，我看到日食中央的黑影向我席捲而來。剎那間，只能看到蒼白的星星，其他一切都晦暗不明。天空一片漆黑。

「無邊的黑暗令我心驚膽戰。徹骨的寒冷，呼吸的疼痛讓我無法自持。我的身體直發抖，噁心得要命。這時太陽的邊緣露了出來，像一張赤熱的弓。我走下機器，鎮定一下情緒。我感到頭暈目眩，無法面對歸程。就在我腦子一片混亂，胃裡犯著噁心的時候，我又看到沙洲上那東西在動，這次肯定沒錯，是個會動的東西，後面是紅色的海水。牠是圓形的，跟足球一般大小，也許更大一些，觸鬚拖在身後。在翻騰的血紅海水的映襯下，牠似乎是黑色的，時不時地跳來跳去。我覺得自己快要暈倒了。想到自己就要無助地躺在這遙遠而可怕的昏暗中，我不禁嚇得要死。這種恐懼支撐著我爬上了鞍座。」

# 第十二章

「就這樣，我回來了。我在時光機器上一定昏過去很久。晝夜之間眨眼般的更替又回來了，太陽重現金色，天空一片湛藍。呼吸順暢多了。高低起伏的陸地輪廓時隱時現，儀表板上的指針飛速倒轉。最終，我看到了房屋模糊的影子，表明到了人類的墮落時代。這些景象變幻、消逝，隨即換成新的景致。不一會兒，百萬日儀表板的指針指向了零。我放慢速度，認出了我們這個時代熟悉的小型建築。千日指針也歸零了，晝夜交替越來越慢。實驗室熟悉的牆壁出現在我周圍，我非常小心地減緩速度。

「我注意到一件弔詭的小事。我想我跟你們說過，我動身的時候，機器尚未高速行駛之前，瓦切特夫人正好穿過房間，速度快得跟火箭似的。回來的時候，我又途經她穿過實驗室的那一分鐘。但這次她的每個動作都與上次正好相反。下端的門開了，她悄悄地倒著滑回實驗室，消失在她上次進來的那扇門後。在這之前，我好像看到希利爾一閃而過。

「接著我停下時光機器，又看到了熟悉的一切，我的實驗室、工具、設備，都還是離開時的樣子。我搖搖晃晃地從機器上下來，坐到長形工作臺上。我劇烈地顫抖了好幾分鐘才平靜下來。我的四周是熟悉的實驗室，和先前一模一樣。也許我在這裡睡了一覺，整件事情就是南柯一夢。

「不，不完全是！我是從實驗室的東南角出發的，回來時它卻停在西北角，如你們所見，靠著這堵牆。恰好是那塊小草坪到白色獅身人面像底座的距離，莫洛克人把我的時光機器搬進了那個底座。

「有那麼一會兒，我的腦子像僵住了。我站起身，一瘸一拐地穿過走廊，因為我的腳跟還在痛，而且髒得要命。我看到了門口桌上的《蓓爾美爾街公報》，發現日期確實是今天。我瞥了眼時鐘，快到八點了。我聽到了你們的說話聲和盤碟相碰的噹啷聲。我猶豫了，因為我胃裡直作嘔，感到虛弱無力。接著我聞到了肉香，於是推門而入，看見了你們。接下來的事情你們都知道了，我洗了澡，吃了飯，現在正把我的歷險講給你們聽。」

「我知道，」他停頓了一下說：「這一切對你們來說絕對難以置信。但對我而言，難以置信的是我今晚能坐在這間熟悉的屋子裡，凝視著你們親切的臉龐，給你們講述這些奇遇。」

他看著醫生說：「不，我不指望你們相信我的話。就當它是謊言或預言，或是我在實驗室裡做的一個夢。就當我在思索人類的命運，最後杜撰出這個故事。把我對其真實性的斷言當作增加趣味性的技法好了。就把它當成故事聽，你們覺得呢？」

他拿起菸斗，以他習慣性的風格在壁爐的柵欄上敲了敲，顯得有些緊張。一時間，屋裡鴉雀無聲。接著椅子開始嘎吱作響，鞋子在地毯上發出刮擦聲。我把視線從時光旅行者的臉上移開，環視他的聽眾。他們坐在暗處，小小的紅點在他們面前晃動。醫生似乎陷入了對主人的沉思之中。編輯緊緊盯著自己的雪茄菸蒂，第六支了。記者在摸索著手錶。我記得其他人都一動不動。

編輯歎了口氣，站起身來。「你不當小說家太可惜了！」他說著，將手搭在時光旅行者的肩膀上。

「你不信？」

「嗯——」

「我覺得你不信。」

時光旅行者轉向我們。「火柴在哪裡？」他問。他劃燃一根火柴，一邊吸著菸斗，一邊說道：「說實在的……我自己都難以相信……但是……」

他把詢問的目光默默投向小桌上枯萎的白花，接著將拿著菸斗的手翻轉過來。我注意到他在看指關節上尚未癒合的傷疤。

醫生起身走到燈前，細細打量白花。「雌蕊怪怪的。」他說。心理學家俯身去看，伸出手想拿起一朵。

「我的天，都十二點四十五了，」記者說：「我們怎麼回家？」

「車站有的是出租馬車。」心理學家說。

「這花很怪，」醫生說：「我確實不知道它屬於什麼科。能給我嗎？」

時光旅行者遲疑了片刻，突然說道：「當然不能。」

「你到底從哪弄來的？」醫生問。

時光旅行者一隻手放到頭上，說起話來像是試圖抓住一個在躲避他的想法。「是時間旅行時，維娜放進我口袋的。」他環顧著房間，「太奇怪了，我記不起來了。這間屋子、你們，還有平常的氣氛讓我的記憶無法承受。我造過時光機器或時光機器模型嗎？或者這一切只是一場夢？都說人生就是一場夢，有時是一場非常可憐的夢，不過我受不了再來一場格格不入的夢。太瘋狂了。這場夢從哪裡來的？我得去看看這臺機器，如果有的話！」

他迅速抓起桌上那盞搖曳著紅光的燈，提著它出門進了走廊。我們跟在他後頭。閃爍的燈光下，時光機器果真就在眼前，矮胖醜陋、歪歪扭扭，用黃銅、烏木、象牙和閃著微光的半透明石英做成。我伸手摸了摸它的橫杆，挺結實的，象牙上有棕色斑點和汙跡，機器下部沾著草和苔蘚，一根橫杆被壓彎了。

時光旅行者將檯燈放到長形工作臺上，撫摸著損壞的橫杆。「現在好了，」他說：「我對你們講的故事是真實的。抱歉，把你們帶到這裡受凍。」他拿起燈，我們在絕對的緘默中回到吸菸室。

時光旅行者陪我們走到門廳，幫編輯穿上外衣。醫生看著他的臉，遲疑地說他勞累過度，他聽了哈哈大笑。我記得他站在門口，和我們大聲道晚安。

我和編輯同乘一輛出租馬車。他認為這個故事是個「花哨的謊言」，而我卻得不出任何結論。這故事太異想天開了，簡直不可思議，但時光旅行者的講述又認真嚴肅，令人非常信服。

那晚我幾乎沒合眼，老想著這事。我決定第二天再去拜訪時光旅行者。人家告訴我他在實驗室裡。我和他關係很好，就直接去找他了。但實驗室裡空空如也。我盯著時光機器看了一下，接著伸手摸了摸操縱杆。那看似矮壯結實的傢伙像風中的大樹枝一樣搖晃起來。它的不穩定讓我極其吃驚，我莫名其妙地聯想到了禁止擅自擺弄東西的童年歲月。我從走廊返回，在吸菸室撞上了時光旅行者。他從房裡出來，一隻手臂夾著一臺小照相機，另一隻夾著背包。他看到我後笑了起來，伸出一個手肘讓我握。「我忙得要死，」他說：「忙那個東西。」

「那難道不是騙人的嗎？」我問：「你真穿越時空了？」

「千真萬確地穿越了。」他坦率地看著我的眼睛說。接著他猶豫了一下，目光在屋裡遊蕩。「我只要半個鐘頭，」他說：「我知道你為什麼來，你這人很不錯。這裡有幾本雜誌。如果你能留下來吃午飯，我會徹底地跟你證明時間旅行的真實性，還有標本等所有東西。你能原諒我現在離開嗎？」

我同意了，當時沒能領會他話裡的全部意思。他點了點頭，走進走廊。我聽到實驗室的門「砰」的一聲關上了。我坐到椅子上，拿起一份日報。午餐前他要幹什麼？這時候，報上一則廣告讓我突然想起自己和出版商理查森約了兩點見面。我看了一下錶，發現就快趕不上了。我連忙起身，沿著走廊過去和時光旅行者道別。

我握住實驗室門把手的時候，耳邊傳來一聲驚叫，詭異地戛然而止，接著是「咔嗒」一聲和「撲通」一聲。我打開門，頓時被一股旋風包圍，裡面傳來碎玻璃落在地上的聲音。時光旅行者不在那裡。一剎那間，我似乎看到一個幽靈般的模糊身影，坐在一個飛速旋轉著的黑黃相間的東西上。那個身影如此透明，他後面的長形工作臺和上面的圖紙看得一清二楚。然而我揉揉眼睛再去看時，那個幻影已經不翼而飛。時光機器不見了。除了徐徐落下的灰塵，實驗室那一端空無一物。看樣子，天窗上有塊玻璃剛被吹落下來。

我錯愕不已。我知道剛才發生了怪事，然而一時間又搞不清是什麼怪事。我看得發呆之際，通向花園的門開了，男僕走了進來。

我們面面相覷。然後我想到了什麼。

「──先生是從那邊出去的嗎？」我問。

「不是，先生。沒人從這邊出去。我以為他在這裡呢。」

我一下子明白了。冒著讓理查森失望的風險，我留了下來，等待時光旅行者歸來，等待第二個也許更為離奇的故事，等待他將帶回來的標本和照片。但我現在開始擔心自己要等上一輩子了。

時光旅行者已經失蹤了三年之久。而且眾所周知，他再也沒有回來。

# 尾聲

除了驚歎，別無選擇。他還會回來嗎？

他或許回到了遠古，與舊石器時代茹毛飲血的多毛野人為伍，或是墜入白堊紀海底的深淵，抑或身陷侏羅紀時代醜怪的蜥蜴目爬行動物之中。此刻他甚至——如果我能用這個詞——正漫步於蛇頸龍出沒的珊瑚礁上，或三疊紀孤寂的鹽水湖畔。或許他向前飛去，飛進了一個和我們鄰近的時代？那裡的人還是人，但我們時代的謎團有了答案，那些令人厭倦的難題解決了。

或許那是人類的成年期：在我看來，我們當今的時代充斥著無力的實驗、零碎的理論和彼此的紛爭，不是人類的巔峰時期！這只是我個人之見。

我知道——因為早在時光機器完工之前，我們就討論過這個問題——他對人類的進步持悲觀態度，認為文明的累積是愚蠢的堆積，最終必將轉而毀滅它的創造者。如果真是這樣，我們還得若無其事地活著。但對我來說，未來依舊黑暗茫然，是巨大的無知，只有偶爾幾個地方，被記憶裡他的故事照亮。

讓我感到慰藉的是，我這裡還有兩朵奇異的白花——現在已經皺縮發黃，又乾又脆——這兩朵花證明了即使人類的智力和體力已經嚴重退化，感激之情和共有的溫情仍然活在我們心中。

譯後記

# 時光旅行者的遨遊

赫伯特・喬治・威爾斯（一八六六－一九四六），英國著名小說家、新聞記者、政治家、社會學家和歷史學家，在多個領域著作極豐，尤以科幻小說創作聞名於世，其科幻代表作包括《時光機器》、《隱形人》、《莫羅博士島》、《世界大戰》等。他開創了「時間旅行」、「外星人入侵」、「反烏托邦」等世界科幻小說中的重要血脈，創作方法對後世科幻小說的發展有重要影響，故有「科幻小說之父」、「科幻小說界的莎士比亞」之稱。

## 清醒的科學幻想家

在科幻出版先驅雨果・根斯巴克看來，「所謂科幻小說，就是凡爾納、威爾斯和愛倫·坡寫的那種，在迷人的傳奇故事中交織科學事實與先見之明」。威爾斯受過很好的專業科學訓練，青年時代在英國皇家科學院的前身南肯辛頓科學師範學院研讀物理、化學、地質、天文等學科。其間，曾師從進化論科學家湯瑪斯·亨利·赫胥黎學習生物學，後以動物學的優異成績獲得倫敦大學帝國理工學院的理學學士學位。他天馬行空般的想像多以科學技術為基礎，不乏科學事實，且有豐富的科學知識儲備可以借助。他也不乏先見之明，在書中作出的多個科學預言最終得到了應驗，諸如原子彈、生長激素、器官移植、克隆、雷射、毒氣等等。他想像在宇宙中遨遊，描寫宇宙航行的失重現象；他還把人類送上月球，生動描繪人類在月球上軟著陸，飛船返回地球濺落海中的情景，這些幻想的細節多年後被登月的太空人確認無誤。

在威爾斯筆下，科學技術的進步一方面給未來世界帶來了美好和便利，但另一方面也帶來了不良後果和社會問題。他經常警示科學技術發展的消極影響，作品中充滿了科技發展給人類帶來的威脅。事實上，科學技術只是威爾斯創作的一種載體，他透過它來表達自己對人類未來的憂慮，對人類命運的思考。這是威爾斯不同於許多科幻作家的地方，他擁有的不只是科學上的想像力和將科學事實通俗化的能力，在那些幻想的外衣下，是內核深刻的現實性、嚴肅的思想主題和強烈的社會意識。這和威爾斯的出身及少時學徒的經歷有關，他很早就接受了烏托邦社會主義，曾是標榜改良主義的社會主義團體費邊社的重要成員。所以階級衝突會成為他小說中的重要一環。他往往會借助科學幻想的形式，用怪誕的人物、誇張的手法揭露社會矛盾，譴責資本主義制度下的醜惡現象，乃至警示資產階級和無產階級的長期敵對可能造成恐怖的後果。

## 穿梭到八十萬年後

《時光機器》便是這樣一部披著科幻外衣的寫實主義小說。它發表於一八九五年，是威爾斯的科幻小說處女作，給威爾斯的科幻小說定下了社會寓言的基調。主人公「時光旅行者」基於「四維空間」的理論，發明了一種能夠穿越時空的時光機器。值得一提的是，威爾斯提出的「四維空間」的構想，比愛因斯坦還要早二十年。

「時光旅行者」乘著時光機器穿梭到了八十萬年後的未來世界中。西元八〇二七〇一年，人類已進化為兩種極端、對立的生物，一種是嬌小柔弱的埃洛伊人，住在地上的宮殿式建築中，過著優雅安逸的生活，由於長期不事勞作、養尊處優而引起體力和智力的退化；另一種是形如狐猴的莫洛克人，生活在暗無天日的地下世界裡，怕光怕火，終日在轟隆隆的大型機器旁勞作，為埃洛伊人的舒適生活創造一切必需的物質條件，然而莫洛克人卻以吃埃洛伊人的肉為生。威爾斯創作這本小說時，英國正值科學技術和工業文明發展的高峰期，社會兩極分化嚴重，工人日夜拚命工作，資本家因而過上了富足安逸的生活。讀者不難猜到，埃洛伊人和莫洛克人分別隱喻資產階級和工人階級。主人公來到西元八〇二七〇一年後不久，他的時光機器便不翼而飛，他懷疑是被莫洛克人搬走了。為了揭開地下之謎，找回時光機器，他沿著井壁爬入莫洛克人的地下世界，結果被莫洛克人追趕攻擊，最後歷經艱險終於逃離。之後時光旅行者又穿梭到了幾百萬年以後，那時的世界滿目瘡痍，人類已經滅絕，只剩下白色的巨蝶、爬行的巨蟹和難以言說的孤獨感。

## 希望是朵溫情脈脈的花

小說以第一人稱為敘事形式，對細節的描寫入木三分，展現了一幅未來世界的陰森可怖的畫面，最後是世界末日的驚悚景象。實際上，相互仇視的埃洛伊人和莫洛克人都是作者生活時代的縮影，警示資本家和工人矛盾加劇可能招致嚴重後果。在威爾斯筆下，人類社會高度發展後卻整體走向了衰敗和滅亡。也許時間旅行只是一個幌子，威爾斯的真正目的是給現代社會敲響警鐘：隨著文明的發展和科技的進步，人類社會面臨的問題是否會越來越多？

儘管威爾斯對人類的發展持悲觀態度，但這並不意味著他對人類的未來已經喪失了信心，這從主人公從八十萬年後帶回的兩朵白花便可見一斑。在與埃洛伊小美人維娜的相處中，主人公感受到了脈脈溫情，失魂落魄的內心得到了安慰，白花是他們相遇的見證。結尾寫道：「讓我感到慰藉的是，我這裡還有兩朵奇異的白花——現在已經皺縮發黃，又乾又脆——這兩朵花證明了即使人類的智力和體力已經嚴重退化，感激之情和共有的溫情仍然活在我們心中。」

威爾斯藉此表達了對人類終極處境的人文關懷。人類的感激之情和共有的溫情並沒有消失，依然在熠熠發光，因此人類仍有希望。

二〇一九年九月十三日於靖江 陈震

## 附錄
# 赫伯特・喬治・威爾斯大事年表[1]

**一八六六年（誕生）**

九月二十一日，出生於英國倫敦東南部肯特郡布羅姆利（Bromley）的一個貧寒家庭。

其父約瑟夫・威爾斯（Joseph Wells）和其母薩拉・尼爾（Sarah Neal）共育有三男一女，威爾斯是最小的孩子。約瑟夫・威爾斯做過園丁，薩拉・尼爾做過女傭。

當時，威爾斯的父母經營著一家店鋪，售賣瓷器和體育用品，但收益甚微。此外，父親還是一名職業板球運動員，效力於肯特郡板球隊，其比賽收入是威爾斯一家的重要經濟來源。

1 由譯者陳震編譯。

## 一八七四年（八歲）

意外摔斷了腿，臥床休養期間，父親為他從圖書館借來了各種書籍，這些書籍帶他進入了外面的世界，也激發了他寫作的欲望。他由此養成了閱讀的興趣和習慣。

同年九月起，威爾斯開始在湯瑪斯．莫利商業學校（Thomas Morley's Commercial Academy）就讀，直至一八八〇年六月。

## 一八七七年（十一歲）

父親大腿骨折，這場意外斷送了他作為板球運動員的職業生涯，也讓威爾斯一家失去了主要經濟來源，而微薄的店鋪收入難以維持生計，生活更為窘迫。於是，威爾斯和幾個哥哥開始進入社會謀生。

## 一八七九年（十三歲）

十月，母親透過遠親亞瑟．威廉姆斯的關係，為他在伍基（Wookey）的學校安排了學生助教（pupil-teacher，為低年級學生上課的高年級學生）的工作，半工半讀。

然而，同年十二月，威廉姆斯因教學資質問題被學校解雇，威爾斯也只得離開。

在米德赫斯特（Midhurst）附近做過短期藥劑師學徒、在米德赫斯特文法學校（Midhurst

Grammar School）當了一小段時間的寄宿生之後，威爾斯與一家布商簽訂了學徒工協議。

### 一八八〇－一八八三年（十四－十七歲）

在海德氏南海布料商店（Hyde's Southsea Drapery Emporium）做學徒，每天工作十三個小時，和其他學徒住在一間宿舍裡。這段難以忍受的經歷日後啟發他寫下了《命運之輪》（*The Wheels of Chance*）、《波利先生的故事》（*The History of Mr. Polly*）和《基普斯：一個簡單靈魂的故事》（*Kipps: The Story of a Simple Soul*），這幾部小說描繪了一個布店學徒的生活，並對社會財富的分配提出了批評。

### 一八八三年（十七歲）

說服父母不再送他去做學徒，再一次得以進入米德赫斯特文法學校，成為學生助教。拉丁語和科學都學得很好，給校方留下了深刻的印象。

### 一八八四年（十八歲）

獲得助學金，進入位於南肯辛頓的科學師範學院（Normal School of Science，即皇家科學院的前身，如今隸屬於英國帝國理工學院），學習物理學、化學、地質學、天文學和生物學等課程。其中，生物學課程由著名的進化論科學家湯瑪斯・亨利・赫胥黎（Thomas Henry Huxley）任教。

**一八八四－一八八七年（十八－二十一歲）**

每週能夠拿到二十一先令（一畿尼）的補助金，得以完成學業。

這一時期，威爾斯對社會改革開始產生興趣，加入了辯論社，與他人一起創辦《科學學院雜誌》（*The Science School Journal*），積極表達對文學和社會的觀點，同時開始嘗試寫小說。

**一八八七年（二十一歲）**

威爾斯沒能在科學師範學院拿到學位（一說是因為在學年測驗中，地質學成績不及格），便離開了學校，在之後的幾年中以教書為生。

**一八八八年（二十二歲）**

在《科學學院雜誌》上發表短篇小說《頑固的阿爾戈英雄》（*The Chronic Argonauts*），被視為其代表作《時光機器》的前身。

**一八九〇年（二十四歲）**

通過倫敦大學外部課程（University of London External Programme），完成動物學的修讀，這時才獲得理學學士學位。

**一八九一年（二十五歲）**

離開科學師範學院後，威爾斯就沒有了收入來源。他的嬸嬸瑪麗邀請他到她家住一段時間，這解決了他的住宿問題。

其間，他對自己的堂妹、瑪麗的女兒伊莎貝爾・瑪麗・史密斯（Isabel Mary Smith）越發感興趣，隨後向她求愛。他倆於一八九一年結婚。

同年，開始在倫敦大學函授學院教授生物學，一直到一八九三年。教書之餘，為了賺錢，他也為雜誌撰寫短篇諧趣文章等。

**一八九三年（二十七歲）**

染上了肺出血，休養期間，開始寫作短篇小說、散文、評論，以及科普作品。

第一部著作《生物學讀本》（*Textbook of Biology*）以及與R・A・葛列格里（R. A. Gregory）合著的《向自然地理學致敬》（*Honours Physiography*）出版。

### 一八九四年（二十八歲）

愛上了自己的學生艾咪・凱薩琳・羅賓斯（Amy Catherine Robbins），與第一任妻子伊莎貝爾分居。

### 一八九五年（二十九歲）

五月，與艾咪・凱薩琳・羅賓斯（威爾斯叫她簡）搬到薩里郡的沃金（Woking），他們在市中心的梅伯里路租房子，在那裡住了一年半，並於十月登記結婚。這一年半也許是他整個寫作生涯中最具創造力和最多產的時期。

第一部長篇小說《時光機器》出版，頗受讚譽。

同年出版的作品還有《與一位叔叔的對話》（*Select Conversations with an Uncle*）、《奇妙之旅》（*The Wonderful Visit*）、《杆狀菌遭竊及其他事件》（*The Stolen Bacillus and Other Incidents*）。

### 一八九六年（三十歲）

《紅屋》（*The Red Room*）、《莫羅博士島》（*The Island of Doctor Moreau*）、《命運之輪》出版。

**一八九七年（三十一歲）**

《普拉特納的故事和其他》（*The Plattner Story and Others*）、《隱形人》（*The Invisible Man*）、《某些個人事務》（*Certain Personal Matters*）、《三十個奇怪的故事》（*Thirty Strange Stories*）出版。

**一八九八年（三十二歲）**

《世界大戰》（*The War of the Worlds*）出版。

**一八九九年（三十三歲）**

《當睡者醒來時》（*When the Sleeper Wakes*）、《時空故事》（*Tales of Space and Time*）、《愛的對策》（*A Cure for Love*）、《荒國》（*The Vacant Country*）出版。

《當睡者醒來時》開創了科幻小說的一條重要血脈：反烏托邦小說。

**一九〇〇年（三十四歲）**

《愛情與劉易舍姆先生》（*Love and Mr. Lewisham*）出版。

### 一九〇一年（三十五歲）

《預測》（*Anticipations*）、《最早登上月球的人》（*The First Men in the Moon*）、《機械和科學發展對人類生活和思想可能產生的作用》（*Anticipations of the Reaction of Mechanical and Scientific Progress upon Human Life and Thought*）出版。後者是他的第一本非虛構類暢銷書。

與第二任妻子簡的大兒子喬治．菲力浦．威爾斯（George Philip Wells）出生。

### 一九〇二年（三十六歲）

《發現未來》（*The Discovery of the Future*）、《海上女王》（*The Sea Lady*）發表。

### 一九〇三年（三十七歲）

經英國大文豪蕭伯納介紹，加入英國社會主義團體費邊社。

與第二任妻子簡的小兒子法蘭克．理查．威爾斯（Frank Richard Wells）出生。

《十二個故事與一個夢》（*Twelve Stories and a Dream*）、《陸戰鐵甲》（*The Land Ironclads*）、《形成中的人》（*Mankind in the Making*）出版。

**一九〇四年（三十八歲）**

短篇小說《盲人國》（*The Country of the Blind*）發表，《神食》（*The Food of the Gods and How It Came to Earth*）出版。

**一九〇五年（三十九歲）**

《現代烏托邦》（*A Modern Utopia*）、《基普斯：一個簡單靈魂的故事》出版。《現代烏托邦》是威爾斯的第一本烏托邦小說。

**一九〇六年（四十歲）**

《彗星來臨》（*In the Days of the Comet*）、《美國的未來》（*The Future in America*）出版。

**一九〇八年（四十二歲）**

《新世界》（*New Worlds for Old*）、《大空戰》（*The War in the Air*）、《一勞永逸的事務》（*First and Last Things*）出版。

因與費邊社領導成員蕭伯納產生分歧，威爾斯退出了費邊社。他的長篇小說《安·維洛妮卡》

（*Ann Veronica*）和《新馬基維利》（*The New Machiavelli*）反映的就是他在費邊社時期的生活經驗。

## 一九〇九年（四十三歲）

作為皇家科學院的校友，幫助建立皇家科學院協會，成為該協會的第一任主席。

女作家安珀．里夫斯（Amber Reeves）為威爾斯生下一女：安納．簡（Anna Jane）。威爾斯與安珀的父母是透過費邊社結識的。當年七月，在威爾斯的安排下，安珀與大律師G．R．布蘭科．懷特結婚。安納．簡到十八歲才得知自己的生父是威爾斯。在貝翠絲．韋伯（Beatrice Webb）對威爾斯的「骯髒陰謀」表示不滿後，威爾斯在小說《新馬基維利》中以貝翠絲．韋伯和她的丈夫西德尼．韋伯（Sydney Webb，兩人均為費邊社核心人物）為原型塑造了一對目光短淺的資產階級操縱者「阿爾蒂奧拉和奧斯卡．貝利」。

《托諾－邦蓋》（*Tono-Bungay*）、《安．維洛妮卡》出版。

威爾斯創作過一系列以《托諾－邦蓋》為代表的反映英國中下層社會的寫實小說，但是知名度不如他所寫的科幻小說。

**一九一〇年（四十四歲）**

《波利先生的故事》出版。

**一九一一年（四十五歲）**

《新馬基維利》、《盲人國及其他故事》（*The Country of the Blind and Other Stories*）、《牆上的門》（*The Door in the Wall*）、《地面遊戲》（*Floor Games*）出版。

**一九一二年（四十六歲）**

《婚姻》（*Marriage*）、《偉大的國家》（*The Great State: Essays in Construction*）、《勞工騷動》（*The Labour Unrest*）出版。

**一九一三年（四十七歲）**

《戰爭與共識》（*War and Common Sense*）、《自由主義及其政黨》（*Liberalism and Its Party*）、《小型戰爭》（*Little Wars*）、《感情熱烈的朋友》（*The Passionate Friends*）出版。《小型戰爭》制定了微型戰爭遊戲中的基本規則，推動了這類遊戲的發展，所以威爾斯也被遊戲玩家認為是「微型戰爭遊戲之父」。但威爾斯其實是和平主義者。

**一九一四年（四十八歲）**

威爾斯第一次訪問沙俄。

《一個英國人看世界》（*An Englishman Looks at the World*）、《獲得自由的世界》（*The World Set Free*）、《哈曼先生的妻子》（*The Wife of Sir Isaac Harman*）、《結束戰爭的戰爭》（*The War That Will End War*）出版。

比威爾斯年輕二十六歲的小說家和女權主義者麗蓓嘉・韋斯特（Rebecca West）為他生下一子安東尼・韋斯特（Anthony West）。

**一九一五年（四十九歲）**

《世界的和平》（*The Peace of the World*）、《恩典》（*Boon*）、《比爾比》（*Bealby*）、《輝煌的研究》（*The Research Magnificent*）出版。

**一九一六年（五十歲）**

《世界將要發生什麼？》（*What is Coming?*）、《布特林先生看穿了它》（*Mr. Britling Sees It Through*）、《重建的要素》（*The Elements of Reconstruction*）出版。

**一九一七年（五十一歲）**

《戰爭與未來》（*War and the Future*）、《上帝是看不見的王》（*God the Invisible King*）、《一個有理智的人的和平》（*A Reasonable Man's Peace*）、《一個主教的心靈》（*The Soul of a Bishop*）出版。

**一九一八年（五十二歲）**

《約翰與彼得》（*Joan and Peter*）、《第四年》（*In the Fourth Year*）出版。

**一九一九年（五十三歲）**

《歷史是唯一的》（*History is One*），《國聯的思想》（*The Idea of a League of Nations*，與他人合著）和《通往國聯之路》（*The Way to a League of Nations*，與他人合著）出版。

**一九二〇年（五十四歲）**

威爾斯第二次訪問蘇俄，在老友、著名作家高爾基的介紹下，受到了列寧的接見；撰寫了《陰影下的俄國》（*Russia in the Shadows*）。

同年，與高爾基的情人莫拉·巴德伯格（Moura Budberg）發生了關係。莫拉和比她年長二十七歲的威爾斯成了情人。

第一次世界大戰期間，完成了歷史著作《世界史綱》（*The Outline of History*），展現了他作為歷史學家的一面。《世界史綱》開創了歷史普及讀物寫作的新紀元，深受大眾歡迎。

**一九二一年（五十五歲）**

《救助文明》（*The Salvaging of Civilization*）、《新歷史教學》（*The New Teaching of History*）出版。

威爾斯被提名諾貝爾文學獎。

**一九二二年（五十六歲）**

《華盛頓與和平的希望》（*Washington and the Hope of Peace*）、《心臟的密所》（*The Secret Places of the Heart*）、《世界，其債務與富人》（*The World, Its Debts and the Rich Men*）、《世界簡史》（*A Short History of the World*）出版。

**一九二三年（五十七歲）**

《神一般的人》（*Men Like Gods*）、《社會主義與科學動機》（*Socialism and the Scientific*

*Motive*）出版。

**一九二四年（五十八歲）**

《一個偉大校長的故事》（*The Story of a Great School Master*）、《夢想》（*The Dream*）、《預言之年》（*A Year of Prophesying*）出版。

**一九二五年（五十九歲）**

《克莉絲蒂娜・阿爾貝塔的父親》（*Christina Alberta's Father*）、《世界事務預測》（*A Forecast of the World's Affairs*）出版。

**一九二六年（六十歲）**

《威廉・克里索爾德的世界》（*The World of William Clissold*）、《貝洛克先生對〈世界史綱〉的反對意見》（*Mr. Belloc Objects to "The Outline of History"*）出版。

**一九二七年（六十一歲）**

威爾斯的第二任妻子簡罹癌去世。

《遇到修正的民主》（*Democracy Under Revision*）出版。

**一九二八年（六十二歲）**

《世界的走向》（*The Way the World is Going*）、《公開的密謀》（*The Open Conspiracy*）、《布萊茨先生在蘭波島》（*Mr. Blettsworthy on Rampole Island*）出版。

**一九二九年（六十三歲）**

《曾是國王的國王》（*The King Who Was A King*）、《世界和平的共識》（*Common Sense of World Peace*）、《湯米的冒險》（*The Adventures of Tommy*）、《帝國主義與公開的密謀》（*Imperialism and The Open Conspiracy*）出版。

**一九三〇年（六十四歲）**

《帕厄姆先生的獨裁》（*The Autocracy of Mr. Parham*）、《生命的科學》（*The Science of Life*，與朱利安．S．赫胥黎和G．P．威爾斯合著）、《通向世界和平之路》（*The Way to World Peace*）、《令人煩惱的代表作問題》（*The Problem of the Troublesome Collaborator*）出版。

**一九三一年（六十五歲）**

《勞動、財富與人類的幸福》（*The Work, Wealth and Happiness of Mankind*）出版。

**一九三二年（六十六歲）**

《民主制之後》（*After Democracy*）、《布勒普的布勒普頓》（*The Bulpington of Blup*）、《現在應該做什麼？》（*What Should be Done Now?*）出版。

威爾斯第二次被提名諾貝爾文學獎。

**一九三三年（六十七歲）**

《未來世界》（*The Shape of Things to Come*）出版。

五月十日，威爾斯的著作被柏林的納粹青年焚燒，並被禁止進入圖書館和書店。

同年，莫拉．巴德伯格離開高爾基移居倫敦，她和威爾斯的情人關係又恢復了。威爾斯一再向她求婚，但莫拉堅決拒絕。威爾斯病危時，莫拉在側照顧。

**一九三四年（六十八歲）**

在德國筆會拒絕接納非雅利安作家入會後，身為國際筆會主席的威爾斯將德國筆會驅逐出國際筆會，激怒了納粹。

威爾斯在拜訪美國總統法蘭克林．羅斯福之後，第三次訪問蘇聯，代表《新政治家》雜誌（*The New Statesman*）對史達林進行了三個小時的專訪。他告訴史達林，這次他看到了「健康人民的快樂面孔」，與他一九二〇年訪問莫斯科時形成鮮明對比。但他也對基於階級的歧視、國家暴力和缺乏言論自由作出了批評。史達林很喜歡這次採訪，並作了相應的回答。作為總部位於倫敦的國際筆會主席，威爾斯希望自己的蘇聯之行能夠贏得史達林的支持——該筆會保護作家「寫作不受威脅」的權利。

《史達林與威爾斯對話》（*Stalin-Wells Talk*）、威爾斯自傳《自傳實驗》（*Experiment in Autobiography*）出版。

威爾斯患有糖尿病，同年成為糖尿病協會（現為英國糖尿病協會，英國最好的糖尿病慈善機構）的聯合創始人。

**一九三五年（六十九歲）**

《新美國》（*The New America*）出版。

威爾斯第三次被提名諾貝爾文學獎。

## 一九三六年（七十歲）

威爾斯被推舉為英國科學促進會教育科學分會主席。

《挫折之解剖》（*The Anatomy of Frustration*）、《槌球運動員》（*The Croquet Player*）、《能夠創造奇蹟的人》（*Man Who Could Work Miracles*）出版。

## 一九三七年（七十一歲）

《新人來自火星》（*Star Begotten*）、《布林希爾德》（*Brynhild*）、《探訪康津》（*The Camford Visitation*）出版。

## 一九三八年（七十二歲）

《兄弟》（*The Brothers*）、《世界大腦》（*World Brain*）、《關於多洛莉絲》（*Apropos of Dolores*）出版。

十月三十日，哥倫比亞廣播公司以即時新聞報導的形式在《空中水銀劇場》（*The Mercury Theatre on the Air*）節目中播出根據《世界大戰》改編的廣播劇。部分聽眾信以為真，將廣播劇誤認為「火星人入侵地球」的新聞，產生恐慌。該事件成為傳播學的經典案例。

**一九三九年（七十三歲）**

《神賜的恐懼》（*The Holy Terror*）、《一位共和激進分子尋找熱水的旅行》（*Travels of a Republican Radical in Search of Hot Water*）、《人類的命運》（*The Fate of Homo Sapiens*）、《新世界的順序》（*The New World Order*）出版。

**一九四〇年（七十四歲）**

《人類的權利，或者我們為何而戰？》（*The Rights of Man, Or What Are We Fighting For?*）、《黑暗森林中的孩子》（*Babes in the Darkling Wood*）、《戰爭與和平的共識》（*The Common Sense of War and Peace*）、《為了阿拉拉特，所有人上船》（*All Aboard for Ararat*）出版。

**一九四一年（七十五歲）**

《新世界指南》（*Guide to the New World*）、《你不可能太過小心》（*You Can't Be Too Careful*）出版。

**一九四二年（七十六歲）**

《人類的遠景》（*The Outlook for Homo Sapiens*）、《科學與世界思想》（*Science and the World-Mind*）、《費尼克斯》（*Phoenix*）、《沒有經驗的幽靈》（*A Thesis on the Quality of Illusion*）、《時間的征服》（*The Conquest of Time*）、《人的新權利》（*The New Rights of Man*）出版。

**一九四三年（七十七歲）**

《克魯克斯·安薩塔》（*Crux Ansata*）、《莫斯利暴行》（*The Mosley Outrage*）出版。

**一九四四年（七十八歲）**

「二戰」快要結束時，盟軍發現，黨衛軍在海獅行動中編列了入侵英國後將立即逮捕的人員名單，威爾斯在列。

《一九四二到一九四四年》（*'42 to '44*）出版。

**一九四五年（七十九歲）**

《走投無路的心靈》（*Mind at the End of Its Tether*）、《幸福的轉折》（*The Happy*

*Turning*）出版。

## 一九四六年（八十歲）

八月十三日，威爾斯在英國倫敦病逝。他在一九四一年版的《大空戰》序言中寫道，他的墓誌銘應該是：「我早就告訴你們了，你們這些該死的蠢貨。」

該年，威爾斯第四次被提名諾貝爾文學獎。

時光機器 / 赫伯特．喬治．威爾斯著；陳震譯 . -- 初版 . -- 臺北市：時報文化出版企業股份有限公司，2022.05
176 面；21×14.8 公分 . --（愛經典；58）
譯自：The time machine
ISBN 978-626-335-374-9（精裝）

873.57 111006235

作家榜经典文库®

ISBN 978-626-335-374-9
Printed in Taiwan

愛經典 0 0 5 8

**時光機器**

作者—赫伯特．喬治．威爾斯｜譯者—陳震｜編輯總監—蘇清霖｜編輯—邱淑鈴｜美術設計—FE 設計｜內頁繪圖—J illustrator ｜校對—邱淑鈴｜董事長—趙政岷｜出版者—時報文化出版企業股份有限公司 108019 臺北市和平西路三段二四〇號四樓 發行專線—（〇二）二三〇六—六八四二 讀者服務專線—〇八〇〇—二三一—七〇五、（〇二）二三〇四—七一〇三 讀者服務傳真—（〇二）二三〇四—六八五八 郵撥—一九三四四七二四時報文化出版公司 信箱—10899 臺北華江橋郵局第 99 信箱 時報悅讀網—http://www.readingtimes.com.tw ｜電子郵件信箱—new@readingtimes.com.tw ｜法律顧問—理律法律事務所 陳長文律師、李念祖律師｜印刷—勁達印刷有限公司｜初版一刷—二〇二二年五月二十日｜定價—新台幣三〇〇元｜（缺頁或破損的書，請寄回更換）

時報文化出版公司成立於一九七五年，並於一九九九年股票上櫃公開發行，於二〇〇八年脫離中時集團非屬旺中，以「尊重智慧與創意的文化事業」為信念。